The Princess
Who Believed in Fairy Tales

The Princess
Who Believed in Fairy Tales

公主向前走
燙金珍藏版

瑪希亞‧葛芮 —— 著　　葉彥君 —— 譯

Contents

與自己和好的公主才能真幸福

愛情心理學家 **海苔熊**

「只要妳再做妳一直以來所做的事，就會一再得到跟現在一樣的結果。」書裡的貓頭鷹醫生真是一語驚醒夢中人。

其實，這也是心理治療中談到的「第二序改變」：當你重複做同樣的事，卻無法得到想要的結果時，不妨嘗試做點不一樣的事。例如，有時治療師會邀請「要自己不要想起前任，卻反而一直想到」的當事人努力地想十分鐘，或是請他去做其他的事；之後，當事人往往會發現，內心的焦慮得到了某種程度的舒緩。

為什麼會有這種神奇的效果呢？那是因為──當你放過自己的時候，自己也會放過你。

為什麼你沒辦法和自己和好？

每個人心裡都住著一個內在的自己，就像故事裡的公主一樣，「維琪」時不時跑出來和自己對話。維琪總是覺得自己做得「不夠好」、總是希望能夠再做得更完美一點，好讓王子能夠更愛他，當王子變得負面、口出惡言的時候，她很快就覺得

是自己的錯，所以她更努力地要求自己，希望自己能夠做到盡善盡美——但事情並沒有好轉，反而越來越糟糕。

這種「總是覺得自己不足」的人，有一個明顯的特徵——「把別人的責任當成自己的責任」，因為他們害怕，如果自己做得太少、付出得不夠，對方就會不喜歡他、拋棄他；但很奇怪的是，當他們越努力，卻只會讓自己更疲累，對方還會越來越不負責。就像故事中那個越來越負面的王子，更擅長將屬於他的責任，丟到公主身上。

許多書都教我們應該要練習和自己和好，而公主其實也正走向「和自己和好」的過程中。但為什麼，我們好像很難做到這件事呢？其中一個原因是，在我們的文化裡，謙虛、自我檢討、要求自己、甚至「不可忤逆男人」的價值觀，潛藏在血液裡，所以當親密關係出現問題時，因為害怕「有不好的事會發生」，我們就會極盡努力想要抓住一切！你心裡有好多聲音告訴自己：不可以停止努力，不然就慘了！

看見另一個自己

那麼，該怎麼辦呢？從榮格心理學的角度來看，其中一種可能是：當內在有很多聲音太過吵雜喧擾時，我們要嘗試讓不同的聲音都有說話的機會，甚至那些你所厭惡、壓抑、覺得黑暗的聲音，都應該聽他們說說話。就像公主的內在有另一個自

己是「維琪」，天真活潑又有創意，雖然有時會失控，但，那也是屬於她的一部分。當公主把她關在衣櫃不讓她出來時，其實也是壓抑了內在一部分的自己，而且這個壓抑治標不治本，反而會在某一刻爆發出來，影響到原本「風平浪靜」的生活。

與其到最後一次爆發，何不在一開始，就讓他有說話的機會？

從童話故事裡療癒

然而，讓內在的自己發聲並不是那麼容易的事，其中一個心理學家常用的方法，就是隱喻和投射。例如，書裡用了非常多象徵的技巧，看起來安排了非常多的角色，但實際上，整本書的每一個角色都是公主內心的投射：嚴格的國王和皇后、風趣卻說話刻薄的王子、貓頭鷹醫生、海豚、巫師等，都象徵公主內在人格的某一部分。

透過童話故事，我們可以把自己放在一個相對安全的位置，當我們隨著公主走這一趟奇幻旅程的同時，內心那個被遺忘已久的不同部分的自己，也得到了療癒；而在一次又一次瀕臨放棄，卻仍繼續邁進的過程中，我們也找回了重新面對困境的勇氣。

公主就該期待白馬王子出現？

　　很久很久以前，有一位嬌柔的金髮小公主，芳名維多利亞，向來堅信童話終將成真。她從不懷疑願望的魔力、邪不勝正、用愛克服險阻，及從此以後公主與王子永遠快樂生活在一起等童話裡的邏輯。

　　自從小公主懂事以來，每天晚上總要在洗完溫暖、浪漫的泡泡浴後，躺在床上緊挨著蓬鬆的枕頭，擁著柔軟的粉紅色絨毛毯子，聽皇后讀著一篇篇美麗落難少女的床邊故事。故事中的女主角，不論是出身微寒、衣衫襤褸，在詛咒下沉睡一百年，被監禁在高塔中，或是身陷其他困境，到最後總會有一位勇敢、英俊而迷人的王子英勇地出面營救。夜復一夜，小公主仔細地玩味母后所說的每一段情節、每一個字句，然後才逐漸進入夢鄉，編織自己的童話故事。

　　一天晚上，小公主問皇后：「我的王子會出現嗎？」琥珀色的大眼睛中充滿了疑問與無知。

　　「會的，親愛的，總有一天，他會出現的。」皇后回答。

　　「他會是強壯、魁梧、勇敢、英俊迷人的王子嗎？」小公主又問道。

「當然會了，他會擁有妳夢想的一切特質，而且還要更好；他將是妳的生命之光、妳生存的理由。這一切都是命中注定的。」

「我們會不會從此幸福地生活在一起，直到永遠，就像童話故事中的情節一樣？」小公主微傾著頭，雙手撐著臉頰，夢幻般地問。

「會的，就像童話故事的情節一樣。」皇后非常輕柔而緩慢地用手指順順小公主的長髮。

「好了，睡覺時間到了。」皇后輕輕地在公主的額頭上親了一下，走出房間，悄悄地把門關上。

「出來吧，現在安全了。」公主傾身向床邊，掀開床單向床底輕聲說道：「快點！」

提摩太‧梵登堡三世立刻從床底下跳上老地方，緊挨著公主。牠看起來一點都不像牠的名字那般堂皇威武，倒是比較像一塊破抹布，但是公主非常愛牠，對待牠好似一隻最名貴的狗，她快樂地擁抱著牠，一起滿足地入眠。

平日小公主常常偷偷撲上皇后的草莓色腮紅，穿上晚禮服，還有她假裝是灰姑娘玻璃鞋的高跟舞鞋，提起厚厚的裙襬在臥室中翩然起舞，羞怯地眨眨眼睛，故作端莊地嘆息著說：「我就知道你會來，我的王子。」或是「哦，當然，我很榮幸能當你的新娘。」然後煞有介事地演出她最喜歡的故事中，王

公主向前走

子解救公主的那一幕，並背誦當中的台詞對話。

　　小公主非常用功地練習這一切，為將來王子真正到來的那一刻預做準備，不厭其煩地扮演著她的角色。最後，她已懂得如何完美地眨眼、嘆息，以及動作純熟地接受求婚。

　　這一天，小公主七歲了，國王和皇后特地為她舉行盛大的慶祝晚宴。在公主許過祕密心願、吹熄巧克力蛋糕上的蠟燭後，皇后拿起一個包裝十分華麗的包裹，起身走向小公主，對小公主說：「妳父王和我認為，妳現在已經大到能夠體會並欣賞這一份特別的禮物了，這是由母親傳給女兒，代代相傳下來的，我就是在妳這個年紀，從我的母親手中接到這份禮物，我們也希望未來能夠看到妳把它交給妳的女兒。」

　　說完，皇后便將禮物放在小公主迫不及待、伸得長長的手上。小公主接過禮物，儘管心中充滿期待，她仍保持一貫斯文的儀態，慢慢解開絲帶及蝴蝶結。接著，她又小心翼翼地拆開包裝紙，慢慢取出一個古董音樂盒。音樂盒上頭站著一對優雅的小人偶，相擁著擺出華爾滋舞姿。

　　「哦，看啊！是童話美女和她的王子！」公主忘情地喊著，並用手指輕觸小人偶。

　　國王開口說：「轉動發條吧，公主。」

　　公主小心翼翼地轉動音樂盒上的小鈕，叮咚的樂音馬上響起〈我的王子將會到來〉的旋律，迴盪在空中，小人偶開始一

圈又一圈地跳起舞。

「那是我最喜歡的歌曲！」小公主又喊道。

皇后高興地說：「這是對妳未來的承諾，提醒妳未來將會發生的事。」

「我愛死這個音樂盒了！」沉醉於音樂及跳舞人偶的公主激動地說：「謝謝！謝謝你們。」

那天晚上，維多利亞公主迫不及待想回樓上臥房，打開音樂盒和維琪分享。維琪是公主最要好的朋友，但別人都看不見她，國王和皇后甚至堅稱那只是公主的幻想。

「快點！維多利亞。」公主才將臥室的門關上，維琪馬上興奮地嚷嚷：「快點打開！」

維多利亞回答：「我已經盡量快了。」她將音樂盒小心地放在梳妝臺上並轉動發條。

當〈我的王子將會到來〉的旋律流瀉於整個房間時，維琪情不自禁地和著音樂哼起歌來，又說：「來吧，維多利亞，我想跳舞。」

「我不知道應不應該這麼做，我想⋯⋯」

「妳想太多了，來嘛！」

於是在這個粉紅與雪白的房間裡，小公主緩緩走向立在角落的黃銅邊框大穿衣鏡。以往，每當她照鏡子時，鏡裡身影也向她回望，這種感覺令她覺得十分美妙，讓她不禁想要翻翻起

舞；現在，在動聽音樂的伴奏下，她更無法抑制這股欲望。她開始優雅地旋轉、俯身、向上伸展，她生氣勃勃的舞蹈就好像來自內心深處。提摩太也跟著在一旁蹦蹦跳跳地兜圈子。

當侍女進來換床單時，也被公主的舞姿吸引了，結果因為看得太過入神，所以花了比平常久的時間做事。

突然間，皇后出現在門口。侍女因耽溺於小公主跳舞，疏於職守而顯得慌張不已，提摩太見狀也急忙跑回床底下躲了起來。

但是小公主完全陶醉在舞蹈中，直到聽到皇后命令侍女離開的聲音，才驚覺發生了什麼。她立即僵直地停下做了一半，也是她最拿手的旋轉動作。

皇后說：「維多利亞，說實話，妳怎麼會有這麼不端莊的舉動呢？」

小公主覺得很羞恥，同時卻也感到疑惑：為什麼只要是自己覺得美妙的事都是不好的？

皇后又說了：「如果妳真想跳舞，就好好學，皇家表演藝術工作隊裡有許多優秀的芭蕾舞老師。跳芭蕾絕對比像下等人一樣胡亂上下跳動、甩動手臂適合公主的身分。更糟的是，妳還在下人面前做這些動作。」

當下，小公主在心裡對自己發誓，在她有生之年，再也不會在任何人面前跳「我的王子將會到來」之舞了，不過，提摩

公主就該期待白馬王子出現？

太例外，因為牠跟別人不同。自從她在皇宮中發現這隻又餓又無家可歸的流浪狗以來，一直都很愛牠，甚至會和牠分享許多小祕密，而提摩太也始終愛她——不像她認識的某些人。

　　好不容易，皇后終於平息了怒氣，留下來陪女兒洗泡泡澡，然後幫她換上睡衣，坐在床邊，從床頭桌上取出一本童話故事書，開始朗讀。

　　很快的，小公主再次進入「從此幸福快樂地生活」的神奇世界，不再感到懊惱，剛剛的不愉快也完全從她腦海中消逝無蹤。

公主不能沒有公主的樣？

　　這天，小公主走在皇家玫瑰花園多風而狹窄的小徑上，手上捧著裝有三盆盛開玫瑰的箱子、小花鏟、肥料、園藝手套、花灑和一條從皇室毛巾床單供應部拿來的大浴巾。她把大浴巾展開鋪在一塊剛犁好的地旁邊，跪在上頭準備種玫瑰，皇室的園丁領班已經教過她該怎麼做，而她也知道怎樣才不會讓縐紗白圍裙沾上一丁點灰塵。

　　小公主一邊種玫瑰，一邊愉快地和著自己內心的音樂唱歌，甜美的歌聲引來樹上小鳥聚集並和她合唱。當三株玫瑰都種下後，她信步走回宮殿，整個皇宮大廳霎時充滿了她的歌聲和尾隨其後的小鳥吱喳聲。

　　由於鳥兒們的啁啾歌聲太嘹亮，公主並沒有聽到國王正從走廊那端推門而出。

　　「維多利亞！」國王快步走向她，生氣地說：「不要再鬧了！我不是一再告誡妳了嗎？妳就是不聽！」

　　小公主被國王突如其來的出現嚇了一大跳。在一片小鳥的鳴叫聲中，她不安囁嚅地說：「對不起，如果我的歌聲……」

　　國王打斷她，說：「都是那些鳥，每次妳一開始怪腔怪

調，這些鬼東西就開始聚集，從皇宮窗戶飛進飛出，製造一場大騷動，事實就是這樣！」他揮舞手臂，發出噓聲，想把鳥兒趕走：「立刻把牠們趕走！我現在有一屋子外國貴賓要招待，這麼吵，根本不能好好談話，而妳居然還說那是歌聲。」

「是的，父王。」小公主回答。她非常努力地控制自己的聲音，不讓國王聽出她深受打擊，因為她很清楚在別人面前顯現出不快的情緒會有什麼後果——尤其在父王面前。

國王滿意地轉身跨大步走回他方才出來的門，但是就在此時，提摩太突然跑出來大聲吠叫，在國王面前橫衝直撞，還差點把他撞倒。

「警衛！把這隻笨狗趕出去！還有，確定牠永遠不會再跑回來。」國王大吼。

「不！不要！父王，求求你不要把提摩太趕走！」

「牠根本是個麻煩，維多利亞。」國王轉向警衛並指著門口說：「把這隻雜種狗丟出去！」

警衛立即試著抓住東奔西竄的提摩太。當他往前衝，幾乎抓到牠時，提摩太卻不偏不倚撞上一個石膏臺座，臺座上插滿長莖紅玫瑰的花瓶「啪」的一聲，碎落在大理石地板上。

警衛乘機一把抓起那隻嚇呆了的狗，小公主馬上跑上前抱住警衛的大腿，哭著說：「不要把牠帶走，求求你！」

皇后聽見了這場大騷動，連忙走到大廳一探究竟。她一把

抓住公主的手臂，把她拖離警衛，說：「維多利亞，妳馬上給我停止這丟臉的行為！妳父王是對的，無論如何，一隻雜種狗都不該是公主的寵物。」她環顧四周，不耐地說：「看看這一團亂！」

小公主壓抑住憤怒，不發一語，但臉上的表情卻讓她洩了底。

「懂事點！」皇后盯著小公主倔強的臉說：「回房去，把皇室規章再溫習一遍，特別是關於淑女儀態和不合宜的情緒表露那一部分。還有，在妳臉上出現笑容以前，不准出房門一步。」

公主努力壓抑想衝出大廳的憤怒情緒，但是一轉身，眼中早已盈滿淚水。除了幾滴不聽話的淚珠滑落臉頰，她強忍著淚水，拖著沉重的腳步，緩緩爬上大迴旋梯，走回房間。

一回到房間，不受控制的眼淚馬上撲簌簌地落下。她望著懸掛在梳妝臺上方，裱褙精美的「公主情感、儀態的皇室規章」，白色羊皮紙上漂亮的字體是由宮廷書法家謄寫的，而裱框與懸掛的工作則是宮廷裝潢師在皇后的親自指導下完成的。

皇室規章不僅規定小公主的穿著打扮和談吐舉止，還規定她應該如何感覺及思考，並且明確地列出哪些感覺及想法是不可取的，而這些往往正是小公主平日的感受及思考方式；但是

公主不能沒有公主的樣？

皇室規章並沒有解釋要如何停止這些感覺和想法。還有，為何她的行為舉止必須像個公主？她深感疑惑。

「就像平常一樣，妳認為那是我的錯，對不對，維多利亞？」維琪小小的聲音自公主內心深處發出。

「對，我告訴過妳一百萬次了，如果妳老是要唱歌、跳舞、皺眉頭、翹嘴巴，我們就會有麻煩，妳就是不聽！」

「我最討厭妳這樣講話了，聽起來就像妳父王的口氣。」維琪回道。

「對不起，可是我再也不知道該怎麼做了。」

「我會遵守皇室禮節，真的，我保證。」維琪舉起右手，清清喉嚨，鄭重其事地念：「我保證永遠遵守皇室禮節，我會乖乖的——不！比乖更好，我會做到完美無缺。我發誓，否則甘心受罰、不得好死。」

「沒有用啦。」維多利亞做了預測。

「嗯，我保證了，不是嗎？」

「妳保證過好多次了。」

「可是以前沒說『我發誓』啊！」

「要是父王和母后能夠了解是妳而不是我惹出那些麻煩就好了。」維多利亞嘆了一口氣。

「我也沒辦法，他們認為我只是妳的幻想。」維琪溫和地說道：「不管怎樣，我不會再惹麻煩了。」

那天晚上，維多利亞並不想吃晚餐，如果可能的話，她寧可不要出現，但是她知道那樣做的後果，她也知道拉長著臉出現在父母面前的下場。所以，雖然內心哭泣，臉上還要裝出笑臉是最困難的一課，維多利亞仍下定決心好好學習。

她強迫自己在大穿衣鏡前練習微笑，國王常常說，她的微笑是最賞心悅目的，可是她現在的微笑肯定不賞心悅目。經過一番折騰，她終於勉強擠出一個笑容，朝皇室餐廳走去。

在餐桌上，小公主只是撥弄著餐盤中的食物，顯得異常安靜。

「妳的晚餐有什麼不對勁嗎？」國王問。

小公主不安地在座位上扭動。

「公主，妳聽見我在問妳嗎？」

「是。」她輕輕地回答。

「是？是什麼？」

「是，我聽見你在問我。」她恭敬地回答。

「然後呢？」

「我的晚餐沒有問題，父王。」她答道。她無精打采地用叉子來來回回拖著盤中的麵條。

「妳當然有問題，到底什麼事？」皇后問。

小公主終於不再盯著盤子，抬起頭來回答：「我沒事。」她放下叉子，雙手扭絞放在大腿上的餐巾。

公主不能沒有公主的樣？

「維多利亞，我要妳馬上解釋清楚。」國王要求：「而且最好是跟那隻髒兮兮的雜種狗無關。」

她開始顯得坐立不安，並幾次清了清喉嚨，最後，低聲喃喃地說：「我不敢講。」

國王和皇后繼續逼她，最後，因為受不了他們瞪著她的炯炯眼光，小公主終於說出她心碎的原因，她說：「我要提摩太回來！」

「妳父王已經說得很明白了……」

「拜託！」

國王怒氣沖沖地打斷他的妻子：「讓我來處理。」他激動地站起來，雙手交握在背後，走過來又走過去。

小公主突然開口說道：「求求您，父王，我知道提摩太差點撞倒您，但那不是牠的錯，因為每次維琪不高興時，牠就變得有點瘋瘋的。還有，你那時是因為維琪唱歌而對她吼……」

「又是維琪！母后和我已經告訴過妳，不要把妳的行為都怪罪到幻想出來的玩伴身上。」

「我沒有，」維多利亞怯生生地回答：「維琪不是幻想，她是真的。」

「妳已經夠大了，應該可以了解。現在正是讓妳學習分辨真假的時候了，不然，別人會開始說閒話的！」皇后說。

維多利亞皺眉：「我才不管別人會怎麼說，維琪是真實

的，她會說話、會笑、會哭，也會感覺。她喜歡唱歌、跳舞、作夢和⋯⋯」

國王非常生氣地打斷公主的話：「那麼，是她用怪腔怪調引來了一大群鳥；是她在僕人面前出洋相；也是她要為那隻野狗的事負責；還有，當事情不合意時，她才是那個不停哭鬧的人。維多利亞，這就是妳想說的嗎？」

「可是⋯⋯可是⋯⋯你不明白。」維多利亞用最小音量喃喃地說：「雖然你常常很氣她，但她其實很棒，她又可愛又甜美又風趣，還有⋯⋯還有⋯⋯她是我最好的朋友，您能不能試著⋯⋯」

國王的反應和往常類似的情況一樣，他漲紅著臉，用手指指著公主的鼻子，嚴厲地斥責。他的聲音聽在她耳中就像雷聲隆隆。

「妳太脆弱、太敏感了，維多利亞！妳連自己的影子都怕，成天作白日夢。妳是怎麼了？妳為什麼就不能像別的皇家小孩！」然後他絕望地說：「我到底做了什麼，才會遭這種惡報？」

皇后試著安撫國王，不過，一如往常，只是讓事情更加惡化。接著他們倆開始爭辯小公主的管教問題，好像她不在現場一樣。小公主低垂著頭，心裡希望自己就這樣消失算了。她盯著前方的桌巾，避免跟他們的視線接觸，她害怕在他們眼中看

公主不能沒有公主的樣？

到自己的倒影——這個倒影每次都清楚地顯現她做錯了什麼。

很快的，他們冰冷的瞪視和氣憤的聲音像拳頭一樣，又打回她身上。

「當我們跟妳講話的時候看著我們，維多利亞！」國王命令道。

她抬起充滿恐懼的大眼睛，幾乎聽不到國王的聲音，因為維琪在她裡面大喊，差點蓋住他的聲音。

經過一段令人痛苦難堪的時間，皇后又說了：「看看妳做了什麼，維多利亞，妳又惹父王生氣了。公主應該是堅強的，應該是皇室完美的典範。妳現在應該知道，在這世界上，不論做人、做事，還是抒發情感的方法都有對錯之別，妳必須了解其間差異，小姐，只此一次，下不為例。現在回房間去，待在那兒不准出來。還有，看在老天的分上，別擺出那種臉！」

備受折磨的維多利亞這時顫抖不已，而維琪的喊叫聲又令她頭痛加劇。事實上，維琪已經變成一個頭痛人物了。在小公主爬樓梯回房的途中，維琪一直不斷嘮叨：「如果公主真的都像他們說的那樣，我們可能根本就不是什麼公主，我打賭一定是鸛鳥搞錯了，把別人的小孩帶來了。我知道了，就是這樣！維多利亞……維多利亞……」

維琪重複喊著小公主，越喊越大聲：「妳不跟我說話了嗎？」

當她們一回到房間，維多利亞馬上尖叫起來：「妳！就是妳！是妳太敏感、太膽小；是妳總是對不應該感覺的東西有感覺，或是夢想不可能發生的事物。妳甚至讓我瞎説不應該説的話，也是妳從不把皇室規章放在心上，而我卻要承擔所有的麻煩！」

「我一直就這樣。」維琪小聲地説，以至於維多利亞必須豎直耳朵才聽得到：「我就是不夠好，只要我在妳周圍，妳就永遠無法跟他們和睦相處。所以我應該離開，永遠不再回來。」

「我該怎麼辦？」維多利亞悲嘆道：「妳應該躲著父王和母后，也許，從現在開始，妳可以躲在床底下……」

「像提摩太？像一隻狗一樣？我才不要待在那兒。再説，那是牠的避難所，我要牠像以前一樣待在那裡。」

「我沒辦法把牠找回來，但是對妳，我應該有辦法。」維多利亞回答：「我必須把妳藏起來，床底下是我唯一想得到的地方。」

雖然維琪很不高興，但還是答應了，不過一躲進床底下，她便開始滔滔不絕地抱怨皇室規章是多麼不公平；國王和皇后有多壞、有多麼討厭她；待在床底下一整天是多麼寂寞；她是如何不夠資格當別人的知己；還有她有多麼想離開，永遠不再回來。

當天晚上，公主還是感到難過，沒有心情洗泡泡浴和聽童話故事。當女僕和皇后來到她房間時，她請她們出去，然後爬上床和仍在床下喋喋不休的維琪共度長夜。

輾轉不能成眠的維多利亞終於要求維琪安靜，可是維琪非但沒有閉嘴，反而從床底下爬出來，爬上維多利亞的床，躺在她身邊。維琪把頭深深地埋在枕頭堆裡不停地哭，眼淚浸濕了一整條絲床單，又滴到地板上。

「不要再哭了！我再也受不了了，到處都被妳弄得濕答答的，況且，別人會聽到妳的哭聲的。妳到底是怎麼了？妳應該知道得很清楚，在這世界上，不論做人、做事，還是抒發情感的方法都有對錯之別，妳必須了解其間差異。小姐，只此一次，下不為例！」維多利亞悄聲地喊。

「妳打算怎麼做？」維琪抽噎地問。

「我要做早該做的事，把妳放在一個不會突然冒出來惹麻煩的地方！」

「我以為妳是我的朋友，可是妳不是！妳最壞了，就像國王和皇后一樣。」維琪對她大吼。

「不要怪我，這全是妳的錯！我早告訴過妳離他們遠一點。」維多利亞一邊說一邊翻滾下床時，差點滑一跤，因為她的光腳正好踩到地上的一灘淚水。她點亮了床頭小燈。「馬上進去裡面！」她指著立在房間另一頭的一個空衣櫃命令道：

「還有，我再也不想聽到任何哭泣和抱怨。」

維多利亞把維琪從床上拉起來，不顧她的尖叫，一路將她拖過整個房間，並把她推進衣櫃裡，猛力關上櫃門。然後她學皇后的口吻說：「這樣做是為了妳好，維琪。」插入金鑰匙，她堅決地轉動鑰匙、鎖上櫃子。

「不要鎖！我不會偷跑出來的，我保證，維多利亞，我發誓⋯⋯」

「妳的發誓根本沒意義。」

維多利亞將鑰匙扔進她那個雕刻著玫瑰花飾的白色木製嫁妝盒內，說：「我太了解妳了，如果不把妳鎖起來的話，妳一定會開始發牢騷、胡言亂語，然後打開衣櫃門，隨妳高興說這、說那，還有⋯⋯」

「妳不能就這樣把我藏起來，我們屬於彼此，也發過誓，無論發生什麼，永遠是好朋友，記得嗎？」維琪在衣櫃裡頭叫著。

「那是在妳變成我最大的敵人以前。」維多利亞說。

「維多利亞，求求妳，求求妳讓我出去。」維琪哀求著並急切地搥打櫃門：「我需要妳，我們應該永遠在一起。不要丟下我一個人！我好害怕，維多利亞。我會乖乖聽話，我會照妳說的去做，拜託，讓我出去！」

維多利亞爬回她的大床，像晚餐的麵條一樣軟趴趴地癱在

公主不能沒有公主的樣？

床上，用枕頭緊緊地壓住耳朵，以阻絕從衣櫃內傳來的哽咽聲。慢慢的，哽咽聲變成低低的啜泣，最後歸於沉寂。維多利亞拉起毛毯一角，輕輕在臉上磨蹭，疲累地滑進她自己的小小世界，在那兒，所有不快都隨風而逝了。

不可碰觸的話題

第二天早上，在小公主還沒起床之前，國王來到公主的房門口帶著覦觍的笑容，手持一朵紅玫瑰及一大袋由皇家玩具製造師傅精心製作的彩色積木「思考者玩具」。

「早安，公主。」他邊說邊以華爾滋舞步滑進房間，然後坐在她的床沿，說：「我想今天建造遊戲屋要晚一點開始了。」

「遊戲屋？對了，今天是星期天。」她說，同時累得幾乎坐不起來：「我今天不太想玩，父王。」

「來吧，公主。我們從不錯過星期天的，不是嗎？過來。」他邊說邊將玫瑰遞給她：「我想這個也許能將可愛的笑容帶回妳玫瑰花苞般的小嘴上。」

她看看玫瑰，再看看國王，國王回她一個懇求的笑容。不過就像往常一樣，她還是不知道應該如何做、如何思考和如何感覺。

國王將小公主抱到大腿上，雙臂環抱著她，說：「喔，我

親愛的女兒，妳真是個小美人胚子。」當他緊緊摟著她時，她感覺到他的胸膛因驕傲而更挺直了。

「我愛你，父王。」小公主說。

國王低頭看著他懷中的金髮寶貝，回答說：「我也愛妳，公主。」小公主知道他說的是真心話。

如同以往每個星期天的例行活動，小公主和國王用積木搭建起一座遊戲屋。完工後，小公主爬進遊戲屋，在裡頭盤腿而坐。國王則趴在地上，頭和肩膀伸進對他來說稍嫌小的開口處，也就是他們的「前門」。以這種姿態，他們一起享用皇室日間廚師煮的熱可可。

趴在地上，靠著手肘舉起杯子喝熱可可，對國王來說並不是件容易的事，濺出來的熱可可往往就沿著他的手臂流進他的皇袍袖子裡，但是他從不以為意。

每件事都進行得很順利，於是維多利亞決定就維琪的事和國王講和，然而，接下來發生的事簡直是一場災難。當她一提到維琪的名字，國王馬上暴跳如雷，他跳了起來，撞倒遊戲屋的積木。

「維琪是不存在的！妳聽見了嗎？」他提高聲音吼道：「算了，妳真是無藥可救！」

小公主用手臂抱住頭，以免被如雨點般落下的積木打中。

她用顫抖的聲音說：「對不起，父王。」

公主不能沒有公主的樣？

可是國王早已像一陣暴風般地走出房間，只剩小公主一人目瞪口呆地坐在散落一地的積木中。

你可以把我的心治好嗎？

　　那天下午，維多利亞坐在臥房的窗前向外眺望，心想著：「自從維琪不在之後，所有東西看起來都不一樣了。」她發現就在皇宮花園外面的小山丘上，孤伶伶地站著一棵長得稀稀疏疏的樹，以前她從未注意到那棵樹，然而那天下午，她卻覺得那棵樹看起來好傷心、好寂寞。一滴小小的淚珠冷不防從公主的眼角溜出，滑下臉頰。她想，寂寞是多麼令人心傷，而暗自心傷，無人可訴又是多麼寂寞啊！然而她一想到寂寞和傷心都是不當的感覺，她的頭又痛了起來。

　　自從她把維琪鎖起來之後，事情進行得並不如預期中順利。雖然沒有維琪的搗亂，遵守皇室規章也變得容易多了，但是要達到完美無缺的境界，對她來說，仍是一項艱苦的考驗。

　　不知怎的，她的視線就是無法離開那棵樹，彷彿有一股力量吸引她前往。於是她走下樓梯，走出宮殿，匆匆穿過曾經為她帶來歡樂的美麗花園，最後走到花園外的小山丘頂，在樹下堅實的土地上坐下來，背靠著樹幹，把隱隱作痛的頭埋在臂彎之中。

　　「無論我多麼努力，我永遠、永遠都不夠好。」維多利亞

自言自語地嘆氣。

「什麼不夠好？」一個聲音問道，這聲音似乎是從樹那兒傳來的。

「你是誰？」小公主問。

「妳是誰？」那聲音重複道：「這才是個問題。」

「好吧，我先告訴你。」維多利亞一邊說，一邊慢慢地站起來，以免頭痛加劇。

她行了一個屈膝禮，說：「我是維多利亞公主，是這個國家國王、皇后的女兒。我住在花園另一頭的皇宮裡，念皇家卓越小學，總是在班上拿第一名。我很會種玫瑰花，比打壘球好得多，曾經擁有一隻叫做提摩太·梵登堡三世的狗。還有，有時候我的頭會痛得很厲害——就像現在。」

「這些都很有趣，公主，可是卻不能說明妳是誰。」

「當然可以！我當然知道我是誰。」維多利亞生氣地回答。

「每個人當然都應該知道他們是誰，雖然很少人真的知道。」

「你把我搞糊塗了。」

「體認到自己是糊塗困惑的，正是走向清醒的第一步。」

「我竟然在跟一棵樹爭論？」維多利亞對自己低聲嘟囔：「或許母后和父王說得沒錯，或許我就是不能分辨什麼是真，

什麼是假。」

維多利亞抬頭盯著頭上那一片密密的枝椏，懇求地說：「樹先生，請告訴我，是你在跟我說話。是你，對不對？」

「對於妳的問題，答案也對，也不對。」那聲音回答。

「的確是你在說話，樹先生！是你！」

「事情並不總是像表面上看起來那樣，公主。」

就在這個時候，一隻貓頭鷹從樹上飛了下來，像一支飄蕩的羽毛般降落在地面。牠拍了拍翅膀，扶正掛在牠脖子上的聽診器，並把一個黑色袋子小心地擺在腳邊。

「容我介紹自己，」牠用非常高雅的語氣說：「我是亨利·赫伯特·霍特·D.H.，朋友都叫我醫生。」

「哦，不！先是一棵會說話的樹，現在又來一隻會說話的貓頭鷹，還有一個亨利·赫伯特·霍特的名字。我猜，我真的是不能分辨真假。」

「正好相反，對一個公主來說，我可是像童話故事一樣真實——哦，這讓我想起一首歌。」牠愉悅地說：「當然了，很多事情都會讓我想起很多歌。」

說著說著，牠從腳邊的黑袋子裡取出一頂草帽戴上，又拿出一把迷你五弦琴，然後開始笨拙地彈奏並唱著：

童話故事之於公主是多麼真實，

就如同權力之於國王一般真實。

「拜託，不要唱了。」維多利亞呻吟著，並用雙手緊抱住頭。「真的很抱歉，可是我的頭好痛，根本沒辦法聽任何音樂。」

「如果妳多聽聽妳自己的音樂，或許妳的頭就不會痛得這麼厲害。」貓頭鷹建議。

「我不想再唱歌了。」

「我是指妳內心的音樂。」

「我不知道那是什麼。況且，貓頭鷹又懂得什麼關於內心的事？」

「事實上，我懂的可多了，如同我的頭銜D.H.所顯示，我是一個『心』的醫生（Doctor of the Heart），專門醫治破碎的心。」牠回答。

維多利亞的身體前傾，低垂著頭。良久，她輕輕地問：「有一顆破碎的心是什麼感覺？」

「從妳眼中的憂傷看來，我想妳已經知道這個問題的答案了。」醫生回答，又將草帽和五弦琴一起收回黑袋子裡。

「恐怕我的心已經碎了。」小公主哽咽地說，眼睛始終望著地面。

「妳的自我診斷正確無誤。」

「你可以把我的心修好嗎？」

「我不能，但是我可以幫助妳，我們要做的不只是把妳的心修好，或把妳眼中的憂傷趕走，公主。」

「我們還要做什麼？」

「治療。」

「好吧，那麼，你可以治療我的心嗎？」

「我恐怕不行，公主，只有妳能治療妳的心。」

維多利亞蹙眉：「如果要我自己治療自己的心，那你又算是哪門子的醫生？」

「就像其他醫生一樣，我們可以幫忙修理很多東西，但是我們無法治療。」

「我不明白。」

「還有太多事情妳不明白，不過總有一天妳會了解。」醫生說。

然後牠轉換一個話題繼續說：「現在妳知道是我在跟妳說話，而不是這棵樹，有沒有覺得好過一點了？」

「當然沒有。我不能解釋一隻會說話、會唱歌、而且還是個醫生的貓頭鷹的存在，就像我不能解釋一棵會說話的樹一樣。」維多利亞回答。

「有些事是不需要解釋的，只需要親身體驗。」

「這些話你留著去告訴我母后好了。如果哪一個宮廷警

衛看到我一個人在這裡對著不知道什麼東西說話……呃……對……對不起。」她結結巴巴地說：「我不是說你是什麼東西，我是說……呃，反正你知道的。」她注意到太陽已降到地平線上，便說：「我必須走了，什麼時候可以再來？」

「當心靈觸動時。」

「心靈觸動？那是什麼意思？」

「妳現在只要知道，當妳想來的時候，就可以來。」

「你真的說了很多好玩的事。」小公主一邊說一邊搖搖頭，並發現她的頭已經不痛了。然後她開始走下山丘，往皇宮的方向前進。她一邊走一邊揮手並大聲說再見。

當她快走進皇宮入口時，小公主看到皇后正從觀景窗向外張望，走到前門時，母親剛好打開窗戶。

「天都快黑了，妳到哪去了，維多利亞？」

「我在樹那邊。」她低聲地回答。

「做什麼？」

很不幸的，皇室規章嚴禁說謊，即使是善意的小謊，即使是像現在這樣悲慘的緊急狀況下，維多利亞沒有別的選擇，只好從實招來。

「談話。」她遲疑地回答。

「和誰？」

「和樹。」她回答，心中已預期到即將出現的畫面。

你可以把我的心治好嗎？

「我猜，接下來妳要告訴我，樹開口對妳說話了。」

皇后冰冷的聲調讓小公主不由得脊背發寒。「是啊……我是說，我以為是樹在說話，其實，說話的是一隻貓頭鷹。」

「說真的，維多利亞！妳必須停止這一切。妳真的不能再繼續說一些奇奇怪怪的故事了，妳現在不再是作白日夢的年齡了。」

維多利亞不太清楚作白日夢是什麼意思，不過她想，那聽起來似乎很棒。

「我可以證明那隻貓頭鷹真的會說話。」她溫順地說。

「不要再說了，維多利亞，不要再說任何關於樹或貓頭鷹的事，或其他有的沒的。不准妳再去那裡，就這樣了，沒什麼好說的。」然後皇后就怒氣騰騰地轉身走開。

「為什麼她就是不肯相信我？我就是知道那隻貓頭鷹會說話，我親耳聽見的。」維多利亞輕聲地對自己說。

但是到了晚上，她開始懷疑。她想，或許皇后是對的，畢竟，有誰曾經聽過會說話的貓頭鷹？更不用說一個戴草帽、會彈五弦琴、會唱歌的醫生了。此外，皇后似乎總是對的。

希望一切能好轉

公主一年年地長大，每一年都希望明年能比今年更快樂些。當然在宮廷裡總是有數不清的盛大舞會和精心規畫的野

餐，以及充滿樂趣的下午馬球賽，可是總像是缺了點什麼。公主常常痴痴地望著窗外的鳥兒，看著牠們在樹梢間跳來跳去、唱歌、成雙成對、自由自在的。她常想像如果她也變成其中的一隻鳥會是什麼感覺，或許這麼一來，她就不會在即使身邊圍繞著朋友時，還感到寂寞與孤立。

隨著冬去春來，夏去秋來，維多利亞已長成一個可愛的少女，既優雅又親切，完全是一個公主該有的樣子。她以非常優異的成績從皇家卓越高中畢業，不過她最偉大的成就或許是她所說、所做、所想、所感覺的全都符合皇室規章的規定。

在她畢業的當天晚上，國王和皇后為她在宮廷的宴會廳中舉行了一個盛大的慶祝晚會。在眾多魯特琴樂手、穿著鮮豔的小丑和貴賓的注視下，驕傲的國王將一個特別的禮物交給他的女兒。

「在這個值得紀念的場合，我很驕傲地把皇室地圖交到妳手上。這是一份無價的寶藏，它指引了我們祖先皇室生活的方向，甚至可以追溯到我們最早的起源。這是我們皇室的高貴傳統，妳必須遵循地圖裡設定的路線。」國王說。

說完，他將那灰色的羊皮紙卷遞給公主，羊皮紙卷用閃亮的銀線纏繞著，上面並有個皇室封印，磨損的邊緣顯示出歷代皇室成員經年累月的展閱。

國王舉起酒杯，高聲歡呼：「皇室傳統萬歲！」

所有的賓客也都高舉酒杯，向公主歡呼：「皇室傳統萬歲！公主萬歲！國王皇后萬歲！」

　　直到最後一位賓客離開後，維多利亞才回到自己的房間。她踢掉鞋子，倒在床上，心裡盤算著要將皇室地圖安放何處。雖然她毫不懷疑地圖的確實性與實用性，但她不認為自己會需要它，因為她已經知道自己未來要走的方向。首先，她要進入皇家大學接受符合公主身分的教育，並取得學位；然後在她自己的城堡中，和她的白馬王子永遠幸福快樂地生活著。

　　她把地圖收藏在嫁妝盒中，信步走到梳妝臺前，突然間被一陣玫瑰花香所吸引，那是園丁總管每天早上都會為她準備的；經過精心安排，搭配著英國常春藤和白色滿天星的玫瑰花，完美無瑕地插放在公主親精心挑選的水晶花瓶裡。

　　她的眼睛在絲絨般的紅色花瓣上徘徊，如同懷春少女一般，幽幽地嘆了口氣，想像她的王子拯救她脫離皇室規章的桎梏、國王對她晃動的權威手指和皇后監視的眼神。總有那麼一天，她將尋到真愛，然後一切終將好轉。

　　她拿起音樂盒並轉動發條，〈我的王子將會到來〉的音樂揚起，她從花束中取出一朵玫瑰，輕觸著臉頰，「如果他能快一點出現就好了！」她想。

期待已久的王子現身

一個晴朗的春日午後，公主抱著一本教科書坐在皇家大學的圖書館內，試著要把小北斗星的構造背起來。突然間，一個悅耳的男聲在她耳邊響起。

「我來拯救妳了，將妳從道爾（Dull，意即乏味）教授的《完全太空解析》中拯救出來。」

拯救？剛剛是不是有人說了「拯救」這兩個字？維多利亞將視線往上移了一下，發現她正和一雙她所見過最藍的眼睛瞧個正著，那雙眼睛的睫毛又黑又長，真不知要羨煞多少女孩。

「對不起，你在跟我說話嗎？」

「是的，公主，」那年輕人優雅地行個禮：「我是在跟妳說話。」

「你怎麼知道我是公主？」

「因為王子總是能認出公主。我永遠記得念大學時，被迫接受道爾教授關於地球因何轉動的解釋時，我心中的感覺，所以我想，或許妳有興趣聽聽我的解釋。」當他說話時，眼中閃動著的光芒，讓她的膝蓋發軟，心臟也不禁噗通噗通地跳著。

「那麼你的解釋是什麼呢？」她故作矜持地問道。

「是愛，愛讓世界轉動。」他微笑著回答，微笑溫暖到似乎可以讓雪崩在落地前即融化。

眼前這個有著寬闊的胸膛和肩膀，以及一頭黑亮頭髮的男子，會是她一生一直在等待的那個人嗎？他似乎符合她所有的標準——他是個王子；有勇氣主動接近她；既英俊又迷人。雖然從無聊得要死的教科書中被拯救出來和她以前所想像的情景完全不同，不過，好歹也算是一種拯救。

「我同意。」公主回答，並試著隱藏她的興奮：「愛讓世界轉動，雖然此刻我的世界似乎是繞著小酒窩……呃，我是說，繞著小北斗星轉動。」她快快地說，並試著將視線從他臉上的酒窩移開。他則因她的口誤而笑得更深了。

「我隨時聽候妳的差遣，公主。」他一邊說一邊拉開她身旁的椅子坐下來。

很快的，她從他那兒學習到更多天上星星的知識，她的眼中也開始閃耀出星星般的光芒，這是一種她未曾想像過的感覺。

在回家的路上，維多利亞感覺到某種神奇的事發生了，當她回味和王子說的每一句話，彼此交換的每一個眼神，一股興奮之情就席捲上身，讓她幾乎克制不住要大笑起來。

突然之間，她想起維琪——那個被遺忘已久、可憐的小維琪，維多利亞很希望能跟她最初也是最好的朋友談談關於王子

期待已久的王子現身

的事。她記得很久以前，每當有什麼好事發生時，她們總會在一起吃吃地笑、擁抱、唱歌和跳舞。可是她真的敢把維琪從衣櫃裡放出來嗎？無數的問題在她心中纏繞著。在這麼多年之後，維琪變成什麼樣子了？國王和皇后怎麼辦……

　　為了解決這些問題，維多利亞開始運用她平時常用的技巧。她在腦中畫了一張表格，將正反面的理由都列上去。當她回到房間放下書本時，她心中已經決定好了，當天的第二件大事即將發生。

　　她打開嫁妝盒，在一堆柔軟的布料和花邊衣服之間不停翻找，小心不去壓到放在最上頭的皇室地圖。她將手伸到最底層，很快的，她的手指碰到衣櫃鑰匙冷冷的金屬。

　　她慢慢地走向衣櫃並傾聽門內的動靜。「維琪……哈囉……是我，維多利亞。」

　　她輕輕敲門：「維琪，我要開門了。我有好消息要告訴妳……維琪，回答我。」

　　她將黃金鑰匙插入鎖孔，轉動，並將櫃門拉開一個縫。她看到的只是一片漆黑，裡面仍然是悄無聲息。

　　「維琪，妳在哪裡？」她一邊問一邊將門完全打開。

　　就在裡面，她看見小維琪蹲在衣櫃的底板上，用手臂緊緊抱著低垂的頭。

　　「妳還好吧？不要害怕，是我，維多利亞。」

「走開！讓我一個人待在這兒！」維琪大喊，並往衣櫃的深處退縮。

「妳怎麼了，維琪？我來放妳出去了。」維多利亞一邊說一邊踏進衣櫃。

「不！妳出去！我不要出去！」

「妳說妳不要出去是什麼意思？妳不能永遠待在這裡。」

「我能，而且我要，我已經習慣了。走開！」

「我有好多話要告訴妳，求求妳，不要害怕，我不會傷害妳的。」

「妳已經傷害我了，一次又一次。」

「我不是故意的，對不起，我真的覺得很抱歉，不過現在不同了，這種事不會再發生了。」

「我不相信妳。」維琪抽抽噎噎地說。

「我說真的，維琪，我發誓，否則甘心受罰、不得好死，記得這個嗎？」

「我還是不相信妳，我不要出去。」她偷偷瞄了維多利亞一眼，又說：「不過，如果妳願意的話，我想妳可以待在這裡一會兒。」

「不要傻了，來嘛！我們可以坐在床上，就像以前那樣。還有……」

「不！我不行。」

期待已久的王子現身

於是維多利亞在維琪身邊跪下來，用她的手臂環著那孩子的肩膀並安慰她。一開始，她們只是安靜地緊挨在一起；沒一會兒，她們開始談話、哭泣、一起回憶往事；最後，維多利亞終於把她的小朋友從衣櫃中哄勸出來。

她們坐在大床上繼續談話、回憶往事、哭泣。她們哭濕了整條絲質床單，直到眼淚沿著床單滴到地板上，就像多年前維琪所做的一樣。直到曙光初現，她們欣喜於彼此的重逢，以及找到等待已久的王子。

王子前來營救

第二天早上，在維琪的極力要求下，維多利亞再一次地講述她與王子相遇的經過，一邊忙著在衣櫥裡翻找適合的外出服。

「他聽起來很棒，我好想見見他。可是，萬一他不喜歡我怎麼辦？要是他甚至討厭我，就像國王和皇后一樣，那又該怎麼辦？然後，我又會給妳惹麻煩，妳會再把我鎖起來，還有……」維琪說。

「我們會想出解決辦法的，維琪，不過不是現在，現在還不到冒險的時候。好嗎？」

維多利亞和王子按照原定計畫，相約在課堂外一棵大橡樹下。長年來所練習的含羞眨眼和故作矜持的輕嘆，在此時證明

是值得的,維多利亞將她的角色扮演得可圈可點。

越認識王子就越愛他,可不只是維多利亞一人如此認為,每一個認識他的人都這麼認為,大學裡從新生到研究所的女學生都深情地稱他為「迷人王子」。在公主認識的人之中,沒有人比他更有資格被冠上這樣的封號。許多女孩渴望得到王子的青睞,但他只愛慕維多利亞一人,他喜歡她的溫文舉止和纖柔體態,欣賞她的機智,也受她的聰慧激發。當她跟他在一起時,她覺得自己是美麗的、特別的、充滿自信且被充分保護的。

不久之後,維多利亞邀請王子到皇宮拜訪國王和皇后,他們都很高興她找到一個合適的未來伴侶,尤其讓他們高興的是,王子正在攻讀國際外交的博士學位。他閃亮的眼睛和溫暖的笑容充滿了整個皇宮,笑話講得比弄臣還好笑,整個皇宮上上下下的人都為他著迷。

在接下來的幾個月,維多利亞開始逐漸讓王子接觸維琪。因為不知道他的反應會如何,所以一開始,維多利亞和維琪都很不安,但是結果證明她們的不安是多餘的,因為王子每見到維琪一次,就多喜歡她一點。事實上,他深深著迷於她對周遭人、事所展現出的敏感,並樂於分享她的夢及歌聲。

王子與公主每天都一起玩耍、談天、歡笑、讀書和相愛。當他們不在一起時,日子似乎過得很慢;而當他們相聚時,時

間似乎又過得太快。在公主從大學畢業的那個六月下午,王子完全贏得了公主的芳心,她答應做他的妻子。

婚禮前幾天,公主就開始興奮地收拾行李,當然,她會帶著她的嫁妝盒到新的、屬於她和王子的宮殿去,這是毫無疑問的,她準備這個箱子為的就是等待這一天的到來。她用手指輕輕滑過掛在衣櫥裡的衣服,心中盤算著哪些衣服要帶走、哪些衣服送給窮人。當她坐在梳妝臺前整理抽屜裡的東西時,無意間望見掛在她面前牆上的皇室規章,沒必要把它帶走,她想,因為她已經變成皇室規章本身了。

「我還沒有。」維琪興致勃勃地說。

「還沒有什麼?」

「還沒有像妳一樣變成皇室規章。不過沒關係,因為王子就是喜歡我這個樣子。」

「是啊,真是鬆了一口氣。不過,維琪,妳要記得,妳還是必須努力遵守皇室規章,以防萬一。」

公主小心翼翼地將香水瓶一個一個仔細用面紙包裹起來,再將她的音樂盒取出並轉動發條。當〈我的王子將會到來〉的音樂流瀉而出時,她朝仍站立在房間角落的黃銅框大穿衣鏡望去,想起在很久以前,當她望著自己鏡中的倒影時,感覺自己多麼美麗,常令她情不自禁地跳起舞。不過,那是在她很小的時候。等她稍微長大一點,鏡中反映出的影像變得和她在父母

眼中看到的影像一模一樣,從此,她便不再喜歡注視鏡中自己的倒影。

她走到鏡子前並注視自己的倒影,她發現鏡中的倒影就跟她心愛的王子眼中反射出的她一樣美麗,她開始隨著音樂擺動,優雅地旋轉、俯身、向上伸展,跳著來自她內心深處的心靈之舞。維琪在一旁愉快地尖叫,她們的命運已完滿達成,眼見王子就要前來拯救,她們將永遠保有真愛。

令人稱羨的婚姻生活

婚禮十分神聖莊嚴,而在神魂顛倒的蜜月之後,這對快樂的新人在距公主娘家只有一小段馬車程的漂亮宮殿住下來,展開新生活。宮殿四周種滿了果樹和粉紅色的、紫色的甜豆。宮殿外還有一個很大的玫瑰花園,在花園中央放著一張白色的石頭長凳,王子和公主經常坐在這張長凳上一再確認永遠相愛的誓言。

王子不只是英俊迷人而已,同時也聰明、強壯,對於修理宮中大小的事物更是十分拿手。他幾乎可以修理任何東西,雖然有時候太忙而抽不出空,不過無論多忙,他總會抽出時間為公主摘來花園裡的長莖紅玫瑰,公主則將這些紅玫瑰插在手工製的水晶花瓶中,點綴於皇宮的各個角落。

王子是公主的生命之光、生存的理由,她把所有的關注和

情感都傾注在他身上。平常日子的早晨，她都會起得很早，坐在王子身邊陪他一起吃早餐；有時候是加了肉桂和葡萄乾的熱燕麥粥，有時則是淋上新鮮草莓糖漿的烤薄餅。趁王子不注意的時候，她會偷偷用紅墨水在餐巾上寫下「我愛你」，再偷偷塞進皇室廚子為王子準備好的午餐中，然後，在每日例行的擁抱和親吻之後，她會用「祝你一天順利，甜心。」這句話送他出門，到皇家大使館上班。

　　和王子在一起的每一天完全就像公主夢想中的生活，甚至比夢想更好。她喜歡穿著最時髦的禮服，挽著他的手臂，一起出席社交場合；當他們與朋友聚集在一起時，王子總是為宴會帶來了活力，大家都喜歡聽他說那著名的「宮廷童年生活」的老故事，而且經常要求他一說再說。

　　「我從前一直以為我的父母很愛我……」這個故事總是這樣開始：「即使他們經常因忙於政事而不在家，直到有一天，我放學回家，才發現他們已經搬走了！」

　　每次他說到這裡時，總會引起一陣輕笑聲，然後看準時機，他又加上一句：「而他們甚至沒留下新家的地址！」

　　此時，整個房間總會爆出一陣哄堂大笑，王子接著又會講更多更好笑的童年軼事。他是如此擅長說笑話，所以公主私下開玩笑地為他取了一個綽號叫「笑咯咯博士」。

　　許多熟識或不熟識的女孩和其他的公主，甚至一位公爵夫

人都問她：「王子平時也是這樣嗎？」她們也常常羨慕地說：「你們家一定充滿了快樂和笑聲。」或是「跟他在一起真的很快樂，妳真幸運能成為他的妻子。」

當他們回家時，迷人的笑咯咯博士總會摟著他的妻子，像一條毯子一樣，用滿滿的愛包覆著她。「哦！我親愛的公主，妳真美。」他說。當他緊緊擁抱著她時，她可以感覺到他的胸膛因驕傲而更加英挺。

每個星期日晚上，公主和王子通常會與國王和皇后一起晚餐。國王和皇后很快地便視王子如親生兒子一般，當皇后和公主監督僕人準備晚餐時，國王和王子便一起討論政事。他們有時會一起去聽音樂會，或到貴族體育館參觀奧林匹克運動大賽，偶爾則相偕到「休養之湖」度假。

公主負責的職責不少，但她全都可以精準又從容地完成，甚至還有餘暇唱歌、歡笑和策畫有趣的新活動，例如射箭課。

然而在星期天早晨的第一堂課上，很明顯的，出現了一個問題，那就是儘管公主使出全身力氣，也無法將弓弦拉到足以將箭射出去的幅度，這令維琪感覺難堪。

「我再也、再也不要回到那射箭場了。」在他們的馬車駛回家的路上時，公主如此向王子宣告。

「就生手而言，妳射得並不算太糟，公主。」他開玩笑地捏捏她的手臂。「如果妳再試試看，或許能夠在妳漂亮的小手

臂上鍛鍊出肌肉來。」

在壘球比賽中被打擊的往事歷歷在目地浮上心頭，公主曾在學校感受到的屈辱，似乎又全回來了……「他們曾經叫我『三振出局小姐』，我想我最好專注於我擅長的項目上。」

「妳很幸運，妳擅長於許多比壘球和射箭重要得多的事物。」王子回答道並揚起眉毛，給她一個淘氣的笑容。

公主也回了他一個不起勁的微笑，並試著不去想起以往的不愉快。但回憶就是這樣，一旦你想起一件事，總會接著讓你聯想到另一件：「還有，他們叫我『吹毛求疵公主』和『完美小姐』。」她說著說著垂下了頭。

他托起她的下巴，對她說：「那些都已經過去了，我就是喜歡妳現在的樣子。」

她知道他說的是實話，因為她可以看到他眼中映出她的倒影，還是一樣美麗。

當他們回到皇宮後，公主立即蜷臥在沙發上看《王國時報》上刊載的漫畫。在她還小的時候，國王就常常念報紙上的漫畫給她聽，從那時起，她就愛上了看漫畫。

王子則坐在一旁翻閱活動行事曆那一欄，「這裡有一項妳擅長的活動，一個地方劇團將舉行灰姑娘的試鏡會……表演將會在全國皇家學校和老人活動中心巡迴演出。」

「呃，我不知道。」

「我認為妳應該試試，公主，妳一定可以。」他的微笑變得更燦爛，臉上的酒窩也浮現出來。

「你真的認為我去試鏡，就可能得到演出機會？」

「妳的歌聲吸引樹上的小鳥飛下來跟妳一起合唱，而且世上再也沒有比妳更美麗的女人了。這回答了妳的疑問了嗎？」

「笑咯咯博士，我想，你把白雪公主和灰姑娘搞混了，白雪公主才是世上最美麗的女人。」她眨眨美麗的大眼睛說。

「不，妳才是世界上最美麗的女人。」

公主展現了藝術天分

試鏡後，公主贏得了灰姑娘一角。首演是在她的母校——皇家卓越國小舉行，當天晚上，整個大禮堂擠滿了觀眾，王子和國王與皇后都坐在最前排觀賞。

雖然維琪非常緊張，讓公主走上舞台時膝蓋還不停地發抖，但是她還是將灰姑娘這角色詮釋得非常出色，並贏得觀眾起立熱烈鼓掌。當她最後一次出來謝幕時，王子走上台，為她獻上一束最美的長莖紅玫瑰。

稍後到了後台，一位《王國時報》的記者告訴公主，她的聲音甜美得有如天使，應該考慮爭取國家劇院職業演出的角色。

面對眾多對公主出色表現的讚美，國王和皇后總是驕傲地

回答：「謝謝，她從小很有歌唱和舞蹈的天分。」或是「除此之外，她也很聰明靈巧。」或是「是遺傳得好，你知道的，我自己小時候也相當具有藝術天分。」

製作人神采奕奕地對公主說：「第一次彩排時，從我看到妳站在舞台的那一刻起，我就知道妳的表演將是獨一無二的。」然後送給她一雙小小的玻璃鞋，上頭還刻有她的名字。

不過，對公主來說，當晚最重要的時刻是當她看到王子眼中閃爍的光芒，她知道，那光芒是為她而閃耀。當他們手牽著手踏上馬車前，那光芒閃亮耀眼到照亮了周遭的黑暗，他用他獨特的示愛方式，輕輕地捏捏她的手，代表他無聲的「我愛妳」，世事是多麼美好！

你給的愛越多，對方需索的越多

　　一天，當王子從一大堆大使館帶回家的工作中探出頭來透透氣時，發現公主正陷入沉思之中，他便問公主，她漂亮的小腦袋裡在想些什麼。

　　「我正在想，如果我真的聽從記者的建議，去爭取國家劇院的角色，會發生什麼事情？」

　　「那還用說，妳一定會得到那個角色。」王子理所當然地說：「然後妳會接到越來越重要的角色，最後成為名演員。」

　　公主笑了：「我都還沒試鏡，你就已經把我想成明星了。」

　　「這只是遲早的問題，我現在就可以預見結果。」他坐直了身體，揮舞著手臂，說：「妳的名字將會被大大地寫在廣告看板上，群眾等著進場看妳表演，這將是成功的一擊！」他興奮地嚷著，活像是體育播報員宣布某人擊出一支全壘打。

　　突然間王子嘿聲不語，只是神經質地玩弄他面前一堆文件的紙邊。過了好一陣子，他終於開口說：「到時候，妳將忙得沒時間陪我，還會結交許多戲劇界的朋友，和我沒有任何交集的朋友……」

「結交戲劇界的朋友？很好笑，笑咯咯博士。」她試著藉由取笑他來沖淡他突如其來的沮喪。

他顯得更消沉了，並低聲說：「那或許將意味著我們婚姻關係的終結。」

「太荒謬了！我不敢相信你竟然說出這樣的話！」

「我了解妳，公主！我知道妳有能力做得更好，而那是一定會發生的，相信我。我愛妳，我不願冒失去妳的危險，我不要妳去試鏡，請妳忘了在國家劇院或其他地方表演的事吧！如果妳真的想要做什麼的話，現在或許正是建立一個完整家庭的最好時機。」

公主既震驚又失望，但她總是把王子擺在第一順位，所以斷然決定放棄再上舞台表演的念頭。

然而，維琪卻不打算放棄，當王子離開後她說：「這件事簡直太蠢了，妳不會聽他的，對吧？」

「會，我會聽他的話。」維多利亞回答。

「不可以！那不公平，妳知道我是多麼喜歡唱歌跳舞，或許我們真的會成名。」

「哦，維琪，妳聽到王子說的話了，而且妳也答應過我不再幻想不可能發生的事。」

「但那是可能發生的！我還記得國王如何批評我們的歌聲，還有皇后如何視我們的舞蹈為恥。可是現在，在灰姑娘的

表演之後，每個人都喜愛我們。」

「我知道，維琪，但是王子更愛我們，而我們也愛他，妳不會想做任何讓他不快樂或可能失去他的事吧？」維多利亞頗有同感地說。

「嗯，我猜那比不能成為明星更糟糕。」維琪喃喃地說，從此絕口不提這件事。

維多利亞越想越覺得生小孩是個好主意，因此她和王子試了又試、盼了又盼，但是日子一天天過去，結果仍然令他們失望。

接下來的幾個冬天特別凜冽，一場嚴重的流行性感冒侵襲整個王國，公主也病倒了。王子每天下班時都會從大使館的物資供應部帶一些雞湯回家，在病榻上餵她喝下，然後坐在她身邊，聊聊王國最近發生的事。

隨著時光流逝，王子開始抱怨大使館的工作太繁重、他的外交官同事既陳腐又乏味；他還說，他常常覺得自己不該是個王子，如果他是個鐵匠，或許他會比現在更快樂。公主對於他的抱怨感到既關切又失望，她一直深信憑著王子的潛力和迷人的魅力，他一定能晉身到最高階的外交職位。

不久，由於王子抱怨不斷，而被指派為皇家抱怨處理委員會的主席，完全不符合公主對她夫婿的期待，而他也很快地便厭倦了新職務。事實上，他開始厭倦所有的責任，甚至不准公

你給的愛越多，對方需索的越多

主要求他修理皇宮內外破損的地方；不過，他仍如往常般地迷人與深情，而且比以前更加風趣。

公主全心全意愛著笑咯咯博士，而且她也比以前更努力地表現出她愛他至深，但王子卻說她不夠愛他，他說她愛他沒有他愛她來得多。她掏空心思，用盡各種方法來證明她的愛，甚至向皇家生育醫學中心諮詢。然而，她給的愛越多，他需索的越多。

一天傍晚，公主早早打發廚子回去，她喜歡自己烹飪晚餐，特別是有客人來的時候。當她準備她的拿手菜 —— 青醬義大利麵時，她開心地在廚房飛舞，並喜悅地唱起歌來：

　　我深愛我的王子，
　　而他也深愛著我。
　　當我們三人一起，
　　將是多麼的快樂。

樹上的鳥兒們也從窗戶飛進廚房，和她一起和諧地歌唱，一切都是那麼美好，直到王子和客人比她預期的時間早到達皇宮。

「維多利亞，妳到底在搞什麼鬼？」他吼道。

公主呆住了，她皺皺鼻子，聳聳肩，勉強擠出一個笑容：

「呃……我正在煮你最喜歡的一道菜。」

她一邊遲疑地回答，一邊動手幫一隻降落錯地點的青鳥刷去腳上的開心果碎屑。

王子看了她一眼，那眼光讓公主感到寒徹入骨。隨即，王子不發一語地帶領客人走出廚房。

公主立即將鳥兒趕出去，拉拉圍裙、順順頭髮，讓自己鎮定下來。儘管她的青醬義大利麵頗受客人的讚賞，但是直到客人離開後，王子仍是怒氣未消。

「那種不莊重的行為簡直是丟臉，完全不符合公主的身分，妳讓自己成為笑柄。維多利亞，妳難道永遠長不大嗎？」

維琪開始大聲悲嘆：「哦，不會吧？一開始是國王和皇后，再來是妳，維多利亞，現在又輪到王子了，我還以為他愛我。」

公主垂下頭，避免看到她在王子眼中的倒影。

當天夜裡，當沮喪失望的公主正在梳頭準備睡覺時，王子來到他們的臥房。他從梳妝臺上的花瓶中抽出一朵紅玫瑰，單膝跪在地上，將花遞給她。

「公主，很抱歉今天說了那些過分的話，因為我一整天在大使館都過得很糟糕，我不是故意要遷怒在妳身上。請收下這個代表我所有愛意的禮物，而且我要妳知道，這種事將永遠不

你給的愛越多，對方需索的越多

會再發生。」他說，當下給她一個帶著酒窩的微笑，眼中更閃爍著光芒，讓她心跳加速、膝蓋發軟。

好吧，她想，他的意圖是再純正不過了，然後他摟著她，她便禁不住原諒了他，並忘記曾發生過的一切。

王子的兩面性格

公主烹飪的功夫可以說是遠近馳名，曾受邀至她的晚宴的朋友及賓客無不爭相向她索取獨門的烹調祕訣，王子也十分引以為榮。

在一次晚宴中，國際交通運輸部長的夫人極力誇讚公主的手藝，並建議她將最受歡迎的菜餚烹飪法收錄編纂成一本書，王子認為這是一個很棒的點子。

稍後等賓客都離去後，公主對王子說：「我不懂如何寫書，而且，即使我會寫，大概也不會有人想出版。」

「哦，公主，妳總是懷疑自己做不到從未嘗試過的事，妳當然可以做到。」

他十分鼓勵她，甚至還買給她新的鵝毛筆和羊皮紙，好讓她記錄下任何烹調新點子。當她想出新菜式時，他則負責試吃、評定等級，並且不忘鼓勵她的努力。

就這樣，公主花了好幾個月寫書，在一個晴朗的下午，公主坐在廚房的桌子旁，用鵝毛筆在羊皮紙上記錄如何製作奶油

蔬菜餅。突然間，她感覺一陣陰森的寒風吹進，令她全身打起冷顫，她抬起頭來，看見王子就站在面前，頓時，他那銳利而冷酷的目光如錐子般鑽透她的身體。

「妳對那本爛書的關切遠勝於對我！」他的臉因憤怒而變得扭曲陰沉，他說：「當我進來時，妳甚至連頭也不抬一下。」

公主呆了半晌，才說：「我……我正在寫東西，我想我大概沒聽見你進來。」

「那已經不稀奇了，妳從來沒注意過我，每次我看見妳的時候，妳不是在做菜，就是在寫東西。」

「對……對不起，我以為你希望我寫這本書。」公主說，同時感覺到內心開始顫抖。

「妳怎麼會認為有人願意出版這本書？」

「是你讓我這麼認為，我以為你也與有榮焉。」

「與有榮焉？對什麼與有榮焉？一個老是夢想著永遠不可能發生的事的妻子嗎？還是一個不愛丈夫的妻子，當丈夫需要她時，她卻總是不在他身邊？」王子咆哮著。

「當你需要我時，我就在你身旁，而且你知道的，我是真的愛你，全心全意愛你。我不是每天吩咐廚子，為你準備熱燕麥粥，配上奶油煎餅的豐盛早餐嗎？我難道不是每天起個大早陪你一起吃早餐？」她問道，聲音也不覺漸漸拉高了：「我不

你給的愛越多，對方需索的越多

也總是把寫滿愛意的小信箋放在你的午餐盒中？還有當你在大使館累了一天後，為你按摩頸肩？我不曾一再地對你訴說，你是多麼英俊迷人及善解人意嗎？當你講笑話或說故事時，我不是一直扮演最好的聽眾嗎？難道我不曾款待你的朋友，把皇宮內外打理得井井有條，到處擺放紅玫瑰，以提醒我們永誌不忘我們特別的愛情？我難道不曾和你坐在玫瑰花園的石椅上……」

「夠了，維多利亞！我討厭聽妳沒完沒了的辯解。」他暴怒地轉身走出廚房。

公主覺得她的胃裡似乎有個奶油攪拌器正以高速翻攪著，似乎有把鉗子緊緊夾住她的胸口。當維琪歇斯底里的聲音猛然在她耳朵中響起時，她的頭也開始隱隱作痛。維琪不停歇地喊著：「他討厭我們！他討厭我們！」

稍後，當公主躺在他們的黃銅大床上抱著枕頭哭泣時，王子走進來坐在她身邊，一遍又一遍告訴公主他很抱歉，他不是故意要對她說那些話，在這世上他最不願做的事就是傷害她。他告訴她他是多麼愛她，並向她保證諸如此類的事情將永不再發生。

「你上次也這麼說。你到底是怎麼了？」她的聲音悶在枕頭裡。

「我不知道，公主。某種東西抓住了我，我無法解釋。」

你給的愛越多，對方需索的越多

她抬起頭，問：「那會是什麼東西？」

　　「我希望我知道，這股力量抓住了我，讓我說出那些可怕的話，我不敢相信那些話竟會從我口中吐出。」

　　「嗯，我確信那些話絕對不是我的笑咯咯博士說的。」她吸吸鼻子說。

　　「不是他，他躲藏起來了。」

　　「躲藏……嗯……這讓我想起一件事，我曾經聽過一個可怕怪物的故事，牠叫做躲藏先生。」她坐直了身體，試著清理思緒：「讓我想想看，那故事是怎麼說的？對了，我想起來了，這個躲藏先生抓住傑可博士，逼他做了一些很壞的事情，那不正是發生在你身上的事嗎？」她睜大了眼睛說：「笑咯咯博士變成了躲藏先生！」

　　「妳真的這麼認為嗎？怎麼會這樣呢？」王子問道。

　　「我不知道，那一定是種咒語或什麼的。」

　　「一定是這樣！一定是有人在我身上下了邪惡的魔咒。」

　　「嗯，我注意到當你眼中的光芒變得冰冷之前，曾有一股陰森森的寒風在屋裡盤旋。」

　　「公主，請妳一定要幫我。」王子急切地抓住公主的肩膀乞求著。

　　「哦，親愛的，我當然會幫你。」她將王子拉到她身邊，緊緊抱著他：「我不是曾發誓無論在順境或逆境，無論是健康

或生病，都要愛你、珍惜你，直到死亡將我們分離？不要擔心，無論如何，我們會一起想出解決的辦法。」

你給的愛越多，對方需索的越多

甜蜜的日子越來越難求

　　公主的《皇室家庭自然美食食譜》一出版，王子便拿了數十本公主的親筆簽名書，驕傲地分送給大使館的工作人員和皇家抱怨處理委員會的同事；他甚至還分送給隨從、車夫和為皇宮送冰塊的人。然而，他的熱情很快便消散了，他越來越厭倦在書店為公主籌備的簽名會上，看到人們簇擁著公主，而他就只能在會場閒晃。更難堪的是，每當他們出席社交場合時，別人都將注意力放在公主身上，幾乎沒有時間聽他表演「皇宮童年生活」的老笑話。

　　這突如其來的榮寵對公主來說是憂喜參半，因為她非常擔心王子。對她來說，眼前最重要的事情是找到幫助他的方法。首先，她打電話給帝國大學超自然力量學系的系主任，他說他會再回電給她；接著，她又到王國公共圖書館查閱所有關於咒語和巫術的書籍，期望能找到反制的方法。王子要求她去研究出解決的法子，因為他說大使館的問題已經夠他煩了，無法再分散注意力到其他事物上。但是就在她讀完收集的資料之前，事情又再度發生了，躲藏先生又回來了！這次間隔的時間比以前更短。

一開始，魔咒在王子身上很久才發作一次，每次持續幾分鐘而已。然而，隨著時光流逝，魔咒發作的時間越來越頻繁，而且往往持續好幾小時，甚至好幾天。每次當躲藏先生好不容易離開後，公主覺得自己就像被一匹發瘋的馬踐踏過，而且，事後所需復原的時間也一次次地拉長。

她甜蜜風趣的笑咯咯博士總是在躲藏先生離去後出現，眼中閃耀著熟悉而令人無法抗拒的光芒。他總一再地道歉，請求她再給他一次機會，發誓這種事不會再發生了，然而還是一次又一次地發生。

公主變得非常焦慮，因為她永遠不知道會是誰在早晨和她一起醒來，是誰在傍晚回到家來，到底是笑咯咯博士還是躲藏先生？每次躲藏先生出現時，似乎又比上次更暴躁。相較於笑咯咯博士的寬容、和藹和摯愛，躲藏先生則是愛挑剔、好傷人而充滿憎惡的，以挑起她的痛處為樂，而且他也十分精通此道。他知道所有公主曾告訴過王子的祕密──包括她所有私密的想法、恐懼和夢想，因而練就以她的祕密傷害她的本事。

公主心裡很清楚，王子是個好人，只是當他被邪惡魔咒影響時，便不能控制他說的話、做的事，所以公主很努力地想找出能將他從魔咒釋放出來的方法。她訂閱了《王國神祕學期刊》，並剪下相關文章、畫出重點，以免閱讀占據王子太多寶貴時間，然後特意將這些文章放在王子一定會看到的廚房桌

上。但是這些資料似乎都不夠完整。

公主下決心做出縝密的計畫，因此她坐下來，拿起鵝毛筆列了一張表，寫下任何她想得到的方法來幫助王子擺脫魔咒。她想，每個問題終究都會有解決的方法，她只要找到這個方法就行了，然後開始一次一個去嘗試這些方法。

首先，她建議王子徵詢專家的意見，或許可以找皇家祈禱長幫忙，他是最有資格處理各種邪惡之事的人；或者宮廷魔術師，因為他擅長於讓東西消失；不過這二項建議都被王子否絕了。公主想，或許求助於陌生人會令王子比較自在，因此她提議召請住在王國另一頭，據說十分靈驗的占星家。但王子說，他才不想跟可能幫不上忙的陌生人討論個人問題。

「那麼你必須更努力奮戰，不要讓魔咒全面控制你。」公主果斷地告訴他。

「我已經試過了，公主，我一直很努力地嘗試，但是魔咒的力量實在太強大。每次我一覺得好一點了，躲藏先生就突然出現，我沒有辦法阻止他。」王子聽起來十分沮喪。

「你一直都很勇敢，我的王子，你千萬不能被這古老的邪惡咒語打敗。」

「沒有妳我辦不到，妳在這方面比我行。如果妳愛我，真的愛我，妳就會找到辦法去除魔咒。」

當躲藏先生再度出現時，公主嘗試使用第二項方法——懇

求他不要再折磨她了，然而並不奏效。所以，她接著採用下一項——威脅他如果再出現，她就要離家出走，但這招也不見效。不管王子是否已心灰意冷，公主並不打算放棄，如果需要的話，她能夠為了他們倆變得更勇敢、更堅強，而她也必須如此。

當躲藏先生再一次出現時，公主勇敢地與他正面相對。

「我將與你奮戰至死，以找回我的笑咯咯博士。」她使盡力氣大聲說。

躲藏先生將頭往後一甩，哈哈大笑。「就憑妳？與我奮戰至死？妳這個脆弱無力、害怕自己影子的小東西，妳甚至連一把弓的弦都拉不動，一陣涼風吹來就能讓妳生病。是啊，妳讓我嚇得發抖了，公主。」他大聲嘲弄著。

他或許沒有發抖，公主倒是已經嚇得顫抖不已，而且她的胃在翻攪，她的胸口緊縮，幾乎不能呼吸；當維琪痛苦的哭喊聲在她腦袋裡爆開時，她的太陽穴也開始抽搐。

公主用盡所有法子，也變得越來越疲憊。因此當躲藏先生再次出現時，維多利亞告訴維琪一個字也不要聽他說，王子不是故意這麼說的，因為他對躲藏先生所說的話、所做的事實在無能為力。

公主經常坐著，盯著角落裡那只刻有玫瑰花紋的嫁妝盒沉思，盡可能的期待、回憶與等待。現在，她必須費時等候她的

迷人王子，而實際相處的時間則變得少之又少。

漸漸的，她必須耗費更大的力氣來過日子，每一天都充滿了混亂，因為維多利亞、維琪、笑咯咯博士和躲藏先生來來去去，每個人都宣稱是其他人混淆了事實真相，使得公主再也無法確定她所看、所聽、所想和所感覺的是否真實。而且由於擔憂、顫慄、胃絞痛、胸口悶、頭痛和哭泣，還有與笑咯咯博士椎心的討論、與躲藏先生夢魘般的衝突，以及對維琪不斷的安撫，使得她越來越虛弱了。

她也無法好好睡覺，尤其是躲藏先生在家的夜晚。夜復一夜，他總是在就寢之際說一些難聽的話，或是做一些使她心煩意亂的指責，然後翻個身馬上躺下熟睡，讓她沒有機會說些什麼。為什麼他這麼說？他是不是說真的？我真的如他所說的嗎？她可能會說什麼來反駁？她想說什麼……這些念頭則整夜留在她腦海裡，鏗鏘作響。

她躺在那兒越久，她所有的顫抖、翻攪、胸悶與疼痛變得越厲害。更糟的是，她害怕移動，即使只是搔搔癢，因為躲藏先生會突然醒來，對她大吼，說她故意吵醒他。當她終於能逃開斷續的淺眠後，她心中暗自祈禱，希望明天早晨在她身邊醒來的是笑咯咯博士。

當躲藏先生跟她在一起時，她總是擔心他何時才肯離開；當笑咯咯博士跟她在一起時，她則擔憂他能停留多久；當她獨

自一人時，她又憂慮不知他們兩人之中誰將出現在她面前。她也努力地想消除她的顫抖、翻攪、胸悶與疼痛，但不久後她就停止了所有努力，因為她已經忘了平靜是什麼感覺。

每當她覺得自己一刻也無法再忍受這瘋狂的一切時，笑咯咯博士總會適時出現，哭著請求她的諒解。他會告訴她，是躲藏先生說一些不實的話來傷害她，其實她是世上最好、最甜美、最特別的女人，而他是何其幸運能夠有她做為他的妻子；還會告訴她，他已經漸漸好轉，她認為事情惡化只是庸人自擾；他還說，他會試著更努力，而事情很快就會一如以往的美好。

她細細品味並全心相信他說的每一個字，他眼中的光芒仍教她心跳加速、膝蓋發軟。她融化在他的臂彎中，說：「我親愛的迷人王子，我寶貝的笑咯咯博士，感謝老天你回來了。」然後躲藏博士冷酷的眼光便從她的記憶中逐漸淡出，彷彿未曾出現過。

真的都是我的錯？

在一個難得的愉快時刻，公主待在廚房中清理水晶花瓶，王子則走到花園摘花。陽光從窗戶穿透進來，在花瓶上快樂地舞動，公主的目光掃過一張她貼在牆上的紙條，那是今天早晨王子留在廚房桌上的小信箋：

玫瑰花是紅的，

紫羅蘭是藍的。

而整個王國最棒的妻子

是妳，公主，就是妳。

突然間，後門砰的一聲打開，王子氣沖沖地衝進來，將一把玫瑰擲到公主面前，紅色的花瓣散落水槽和地板上。

「好好享受這些花吧，公主。這是我最後一次為妳摘花了！我建議妳今後最好習慣自己動手！」

「什麼？你說什麼？」公主不可置信地看著他。

「我的手指頭被刺扎到了，就在那時，我突然恍然大悟，是誰在我身上下了魔咒。」

「太好了！是誰？」

「別裝出一副不知情的模樣！就是妳，公主，就是妳！」王子吼道。

「什麼？我？我一直試著要幫助你，我一直……」

「不要又來了，不要再掩飾了。」

「掩飾什麼？我什麼都沒做。」

「是嗎？」他生氣地說。「只有當我跟妳在一起時，魔咒才會在我身上發作，跟別人在一起時，從未發生過這種事。所

以妳說呢？完美小姐、吹毛求疵公主，都是妳的錯！從頭到尾，妳就是那個對我下魔咒的人！」他一邊大吼一邊踐踏掉落在他腳邊的玫瑰花瓣。

她感覺就像被人用刀戳進心臟，「我根本不知道如何下魔咒。」她勉強說出這句話，心裡卻不免疑惑這一切是否真實。

「那已經無關緊要了，反正就是妳的錯。」

王子說完便轉身衝出廚房，公主急忙跟在他身後懇求他聽她解釋，但王子頭也不回地將門甩上，差點打到公主的腳。

「我必須離開這裡！」他一邊大嚷一邊衝出皇宮大門，叫僕人備妥馬車。

公主也飛奔出去，當她跑到皇宮前門時，她看見王子站在馬車旁，用拳頭猛力搥打著門，嘴裡喃喃咒罵著。她不知道他在說些什麼，而她也不認為她想知道。

她猛然停下腳步，小心翼翼地走向他。

「你還好吧？你怎麼了？」她問。

「是妳！都是妳的錯！」他咆哮著。

一直安靜站在一旁的車夫，奇怪地看了公主一眼，然後聳聳肩。

「我的錯？我做了什麼？」她問王子。

「又來了，又在裝傻了，像妳這麼聰明的人難道自己想不到答案嗎？妳說啊！妳想不到嗎？」

甜蜜的日子越來越難求

公主的喉嚨乾澀，說不出一句話來。

「沒關係，讓我告訴妳吧，聰明人，剛才上馬車的時候，我撞到了腿。」

「那是我的錯嗎？」她怯怯地問，害怕又引燃他的怒火。

王子一跛一跛地靠近公主，揮舞著拳頭說：「如果不是妳讓我這麼生氣，我就不會急著離開這裡，我也不會一直想著妳是如何背叛我，從不注意我的一舉一動。」他的臉因憤怒而轉紅，「如果不是因為妳，我也不會受傷！」

公主垂下頭，盯著地上，刻意迴避王子的眼睛，希望自己能就此消失。他冰冷的眼光和憤怒的聲音就像拳頭般持續打在她身上，並向她下命令：「當我跟妳說話的時候，看著我的眼睛，維多利亞。」

她抬起驚懼的大眼睛，看到在王子冰冷的目光後面，清清楚楚地倒映出她所有的缺點。她眨眨眼睛，試著忍住即將奪眶而出的淚水。

王子在她鼻子前粗魯地揮舞拳頭，當他如雷的聲音在她耳邊轟隆響起時，她看見他頸子上暴起的青筋。「妳太敏感、太脆弱了！維多利亞。妳甚至連個孩子都生不出來！」他的聲音提高：「妳到底是怎麼搞的？為什麼妳就不能像其他皇室成員的妻子？」然後他挫折地舉起手說：「我是做了什麼才會得到這種報應？」

維琪開始試圖用尖叫聲來蓋住王子的聲音，這尖叫就像鐵鎚一般，一聲聲在公主腦袋中敲擊著。她立即轉身奔回宮中，衝進起居室並將門甩上。

　　「我們該怎麼辦？」維琪抽搭地說。

　　「我不知道。」維多利亞整個身子陷進金色把手沙發，說：「讓我想一想。」

　　「可是妳一定要知道！」

　　「拜託，維琪。安靜幾分鐘好讓我想一想。」

　　於是維琪沉默下來，安靜地等待。可是過不了幾分鐘，由於受不了壁爐上時鐘規律的滴答響聲，她忍不住脫口而出憋在她心中已久的話：「或許……或許王子的魔咒是我們的錯，或許發生的每件事都是我們的錯。」

　　「哦，不要連妳也這麼說！妳怎麼可以說出這種話來？」

　　「我就是這麼覺得，畢竟，王子不會對我們說謊，他是迷人的王子，大家都這麼說。」

　　「妳不能總是人云亦云，維琪。我現在已經不太能確定王子是否對我們說了真話。」

　　「可是如果他是對的怎麼辦？或者如他所說的，是我們的言行引發起他身上的魔咒發作？」

　　「哦，維琪，看在老天的分上！」

　　「只有當他和我們在一起時，魔咒才會發生作用。其他人

甜蜜的日子越來越難求

都未曾遇見過躲藏先生，除了剛剛的車夫。」

這似乎有點道理，因此，維多利亞開始試著回想她們到底做了什麼，導致魔咒發生在王子身上，但是她就是想不到。她猜想她們一定做了很多很多的錯事，才會發生這麼多不好的事，可是她還是想不出來她們究竟哪裡做錯了。

「我已經不曉得該想些什麼了，維琪。我累了，真的好累。」維多利亞說。

「妳是我們兩人之中思緒最清楚的，妳一定要再好好想想。」維琪焦慮地等待維多利亞在問題中痛苦地掙扎。

「或許妳說的有幾分道理，維琪。我們真的不能大意，我想，我們應該更努力不要去做或說或想任何會引發魔咒的事。」

「可是我們該怎麼做？」

「我們必須變得更好，比好更好。事實上，我們必須達到完美的地步。」

「我不行。妳還記得嗎？我已經在國王和皇后面前試過了，我無法做得比現在更好。」

「那麼，我想妳最好再試一次。而且我希望妳這一次能夠做到，否則王子將會離開我們。」

王子變成漸行漸遠的陌生人

因此，公主每天想盡各種方法以求面面俱到，避免觸發魔咒，可是即使一時之間有用，第二天重施故技，就未必見效。而維琪則一直無法擺脫曾經因為不夠好而得不到國王、皇后歡心的陰影，並且偶爾還會夢見與維多利亞分離，獨自被關在衣櫥裡，所以她不願再冒任何可能失去王子的風險。在每一刻清醒的時間，她都盡力做到最好，比好還要好，甚至到完美的地步，維多利亞被她的嚴苛弄得不堪其擾。

維琪開始挑剔宮中女僕做得不夠好，因此她堅持要維多利亞親自從頭再清掃一遍。此外，儘管公主一次又一次地展現她待客的才能和技巧，將王子的貴賓們款待得非常好，每當預備慶典活動時，維琪變得十分緊張憂慮。她堅持維多利亞應該親自烹煮所有的宴會食物，每一道菜餚上都必須擠上一小撮奶油做裝飾，所有的蘿蔔和胡蘿蔔都必須切成完美的瓶塞狀。廚子試著幫忙，但維琪卻不讓她有插手的餘地。當賓客都抵達之後，維多利亞已經筋疲力盡，無法好好享受愉快的夜晚。

每當維多利亞必須做決定時，無論是多小的決定，維琪總是介入，以確保維多利亞不會犯錯。維琪非常害怕做下錯誤的決定，所以她總是力勸維多利亞寫信問皇后，因為她幾乎總是對的。她吩咐女僕騎馬送信給皇后，等待皇后寫下答案後再騎馬送回來。

由於女僕花費許多時間在馬背上來來去去，以至於沒時間洗衣服和熨燙衣服，因此維多利亞必須自己一手包辦這些瑣事。

　　公主也是頗受讚譽的「低階人民自立委員會」的委員之一，當她必須行使職權，針對委員會的事務投票時，情況變得更糟。首先她會將正反面的理由都列在一張表上，當她決定好如何投票時，維琪就會試著動搖她的決定；假使她同意維琪的意見，改變心意，維琪又會試著勸她採用原先的決定。有時候，公主就僅僅是不知所措地坐在那兒，讓其他十一位委員不耐煩地等待她的決定。

　　然而，對躲藏先生而言，公主的所有努力並沒有改變任何事。他帶著陰沉表情和冷峻目光走來走去，到處找碴，藉故發脾氣。如果他找不到任何錯誤，他總能自己滋生一些事端，來藉故發飆。

　　光是公主臉上的表情就足以讓他大發雷霆，但她卻不能做任何事來消弭他的怒氣，因為她不知道怎樣的表情才能讓他滿意。有時候，他會表演讀心術的絕活，任意捏造她心中的想法，然後因此而生氣。當公主告訴他，她的想法並不是如他所說那樣時，他便指責她狡辯。「我比妳更清楚妳小腦袋瓜中藏著什麼樣的陰謀。」他會這麼說。

　　維琪深信自己永遠不能做到完美無缺，不能阻止躲藏先生

的惡行。因此她變得更為悲慘，也把維多利亞整得很慘。

「我就是我。」一天，維琪喃喃說道。她的聲音十分微弱，以致維多利亞必須拉長耳朵才聽得見

「我就是不夠好。只要我在的一天，妳便無法跟他和平相處。也許我應該離開，永遠不再回來。」

維多利亞不發一語地坐著，心想維琪說的可能有幾分道理。

之後，維琪命令自己回到臥室衣櫥，她匆匆走進去，關上門，蜷著身體坐在黑暗的角落，試著壓抑自己的啜泣。但是沒有用，王子的態度變得越來越糟。

夜復一夜，公主躺在床上瞪著臥室中的陰影，眼淚從眼角滾落，流經太陽穴，濡濕了她的秀髮。但她從未伸手拭淚，她實在太害怕吵醒那個躺在她身邊反覆無常的陌生人。

有時候，她會靜靜地看著他熟睡的臉，她看到的是那個她曾深愛過，現在也一直深愛著的勇敢、迷人、英俊的王子。她渴望用手指撥弄那熟悉的、如墨玉般的黑髮，躺進那曾溫暖她的心的強壯臂膀。他就躺在那兒，如此接近卻又如此遙遠。關於他的回憶不斷地撥動她的心弦，有好幾次，她極端地想念她的王子，即使他就躺在身邊。

一天早晨，公主自紛擾的睡眠中醒來，費力起身，她的胃絞痛不已，又因為胸口的窒悶感而咳嗽連連。笑咯咯博士從未

離開這麼久過，她不知道若沒有他，她還能支撐多久。

「笑咯咯博士到那兒去了？」她問早已起身著裝完畢的躲藏先生。「我已經好幾個禮拜沒看到他了，他走了。」

「不可能的！我知道他一定還藏在你心中的某個角落，他不會丟下我不管，他曾經發誓無論順境或逆境，無論健康或病痛，都會愛我、珍惜我，直到……」

「直到死亡將你們分離，是嗎？好吧，公主，妳猜怎麼著，他死了！妳所認識的那個王子老早就死了。所以呢，妳大可以省省那些期望與等待、盼望與哭泣，他死了，永遠不會再回來了。」

「我知道你還在那裡頭，我珍愛的王子。」她哽咽地說。她覺得喉嚨裡似乎哽著一塊大疙瘩，幾乎擠不出一絲聲音，她深深望著他的眼眸深處，穿過那冰冷的眼光，穿過她的倒影，就在那兒她看到一絲微弱的光芒，她知道那光芒只為她一人閃爍。

一片滂沱的淚水從公主的靈魂深處湧出，幾乎將她淹沒在無盡的悲傷之中。她輕輕地啜泣，回想起多年來她是如何地夢想和她的迷人王子一起過著童話般的生活，然而，如今卻是這樣的結局。

當王子氣沖沖地走出門後，她哭得更厲害了。她突然極度想念她舒適的老房間、粉紅色蓬鬆被褥，和成堆的柔軟枕頭。

或許回娘家暫時休息一陣子，她會平靜下來，決定下一步該怎麼辦。

　　但是維琪痛恨這個主意。當維多利亞打包行李時，維琪對著她哀嚎：「我那兒也不去，我寧願死也不要離開王子，他需要我，而我也需要他。」

　　「我們只不過是回那兒休息幾天，想想下一步該怎麼做，沒有人說我們要離開王子。」

　　「好吧，反正我不可能獨自留在這兒和躲藏先生相處，我想，我還是得跟妳走。可是，答應我，我們一定會再回來。來，跟我一起說：『我發誓，否則甘心受罰⋯⋯』」

　　「我發誓。好了，維琪，咱們走吧。」

甜蜜的日子越來越難求

心與理智的交戰

　　在馬車駛向娘家的路上，公主試著想出一個藉口，解釋她為什麼在沒有事先通知的情況下，獨自一人帶著過夜行李出現。她想了許多藉口，然而當她一抵達家門口時，還是決定告訴他們關於王子和魔咒的事，她已獨自承受祕密太久了。

　　「母后在那兒？」公主詢問前來應門的僕役。

　　「她應該是在圖書室，公主。」

　　「請把這個放在我的老房間裡。」她將旅行袋遞給他。

　　「是妳，公主。」國王從走廊的另一頭走向她。「我想我聽到了妳的聲音，真是意外的驚喜！」

　　公主上前擁抱父親，將頭靠在他肩上。

　　「妳剛剛差人拿上樓去的是妳過夜的旅行袋嗎？妳準備待下來嗎？」他問道。

　　「我想住幾天，如果可以的話。」

　　「當然可以，公主。可是……」

　　「我必須跟你和母后談一談。」

　　「妳還好吧？妳看起來並不……」

　　「求求你，父王。跟你們倆一起談，對我來說會容易

些。」

「我不喜歡妳現在沮喪的聲音，維多利亞，我一點都不喜歡。」國王說道。然後他擁著她的肩膀，一起默默地走向走廊盡頭的圖書館。

「維多利亞！我們不曉得妳要來，王子和妳一起嗎？」當她的母親看見她時，從沙發站起來驚呼道。

「不，母后，他沒來。」

「妳看起來很疲倦。」皇后關心地說，「過來這兒坐。」

當她們都在沙發上坐定後，皇后仔細地端詳她女兒，問道：「妳病了嗎？」

眼淚湧上公主的雙眼，感覺全身就像打了一個結般，但是她還是努力保持鎮定。

「怎麼了，公主？」坐在扶手椅上的國王問道。

她開始滔滔說出關於可怕魔咒和冷酷的躲藏先生的事情，但略過最糟的部分不提，因為她知道國王和皇后愛王子如親生兒子，如非必要，她不想讓他們傷心。

「我真不敢相信這是真的！」國王震驚地喊著。

「難怪妳看起來這麼疲倦、病懨懨的。」皇后一邊說一邊不可置信地搖頭。

「我是很疲倦了，母后。我已厭煩王子總是對我發脾氣；厭煩要為每件出錯的事負責；厭煩顫抖、胃痛、胸口悶和頭

心與理智的交戰

疼；厭煩總是在祈求、盼望、哭泣與等待；還有自己摘玫瑰；還有厭煩於總是感到厭煩。」

「我們的迷人王子會做出這種事嗎？怎麼會呢？」皇后質疑。「為何我們從未見過他表現出這些古怪的行為呢，維多利亞？」

「因為他只有在我面前才會如此。」公主止住淚水回答道。

「那麼，妳是否曾想過，或許王子認為是妳導致了魔咒的假設是對的？否則為什麼只會發生在妳面前？這種事是不會憑空發生的，妳一定是做了什麼。」國王說。

維琪的聲音在維多利亞的腦袋中響起：「我就知道他會這麼說，我就知道！他老是這麼說。」

「維多利亞？維多利亞！」皇后提高了的聲音將公主的注意力拉回來。「妳確定情況就像妳想的一樣糟嗎？原諒我這麼說，親愛的，可是妳偶爾會把現實跟非現實搞混。」

「我現在已經不敢確定什麼了，母后。」

國王站起來，雙手在背後交握著，來回踱步。「我不明白，王子近來是不太與人來往，但是現在……」

「我覺得很難過，維多利亞。或許妳父王和我去跟王子談談會有幫助。」皇后說。

「我懷疑還有人可以勸得動他，不過，他一直很敬愛你

們，所以或許⋯⋯」她趴在母親的膝蓋上尋求安慰。「我再也不知道該怎麼做了，再也不知道了。」

當天夜晚，他們三人平靜地共進晚餐。用餐完畢後，公主便早早告退，回到她紅白相間的老房間。屋內每樣東西看起來仍保持她結婚離家前的樣子，因為皇后特別命令宮廷管理人員將這房間按照原樣維持下來。

公主將手伸到梳妝臺的上方，將仍掛在牆上的「公主情感與儀態的皇室規章」扶正。然後，她瞥見立在房間一角的黃銅框大穿衣鏡，回想起她曾在鏡中看到一個小公主的美麗倒影，但她隨即又記起在王子眼中她充滿缺點的倒影。為了不再去攪亂得來不易的平靜，她決定跟鏡子保持一段距離。

她實在太累了，累得幾乎沒有力氣脫衣服，只是從行李中取出藍色的絲質睡袍罩上，並注意到睡袍的顏色正呼應了她憂鬱的心境。她爬上床，鑽進粉紅色被子裡，並拉起被單一角，在臉上輕輕磨蹭著，舒服而疲倦地進入了夢鄉。

我是否還能像以前一樣快樂？

第二天早晨，公主被屋外樹上鳥兒的啁啾聲喚醒，明亮的陽光流瀉進來道早安。這是她幾個月來睡得最好的一次，然而她隨即記起她身處何地，以及為什麼在這裡，這痛苦的現實就像王國奧林匹克運動會上擲歪了的鐵餅擊中了她一般。她起身

心與理智的交戰

穿上晨袍，走進浴室沖涼。

當她從浴室出來時，床頭櫃上早已好好地放置了一個托盤，托盤上擺著淋上草莓醬的奶油煎餅，以及一杯熱騰騰的花草茶。她爬回床上，將托盤擺在腿上，她已經好久沒有在床上享用早餐了。

她回想起過去的時光，有多少個早晨她就在這個房間享用僕人端進來的奶油煎餅，用同一個托盤，放在同一個床頭櫃上。快樂的時候，她會熱切地享用每一口煎餅；心情不好時，則會心不在焉地在盤子裡撥弄煎餅，直到煎餅吸飽了太多糖漿而變得軟趴趴時，才用叉子送到口中。今天，對她的情緒而言，則是屬於軟趴趴煎餅的一天。

她推開托盤，拿起杯子，舒服地蜷縮在窗邊的椅子上，向外眺望早已看過無數次的景色。以前坐在同一張椅子上編織過的無數美夢又一件件地回到腦海中，每件事似乎都變了，她想，也似乎都沒變。

就在同時，她的眼睛瞥見那棵孤零零站在花園外小山丘上的樹。它看起來仍舊孤獨哀傷，就像多年前某一天，她跑出去和它說話——至少她當時以為她是在和它說話的時候一樣。就是在那一天，她遇見了亨利‧赫伯特‧霍特——心的醫生。想到這，一滴眼淚從她眼角奪眶而出，滑下臉頰。她心想：「哦，醫生，如果我現在能跟你談談就好了。」

這時房門輕輕開了，皇后探頭進來。

「妳今天覺得如何，維多利亞？」她一面説一面走進房間。

「我覺得好一點了，母后。待在這裡的確有幫助。」

「很好。」皇后説。她走到窗邊坐在公主身邊，用手指輕柔而緩慢地撥弄公主的頭髮。

「還記得妳曾經在夜裡坐在床邊，也是這樣撥弄我的頭髮，直到我睡著嗎？」公主問道。「還有我們曾談過童話故事，以及我的王子將會出現的事。我當時好快樂，我現在懷疑我是否能再像以前一樣快樂。」

「妳當然可以。」皇后回答，並給公主一個堅定的擁抱。

「現在妳應該準備下樓了。妳父王和我已經召喚王子前來了，他隨時會到。」

王子也無力抵抗心魔？

當皇后和公主走進圖書室時，垂頭喪氣的王子站起來迎接她們，他趨前輕輕吻了一下皇后的臉頰，柔聲地説：「您好，母后。」

他望著公主微微一笑，不發一言地牽起公主的手，並用他特別的方式捏捏她的手。他讓她坐在沙發上，然後自己也坐在她身邊。當公主與王子目光相遇的那一瞬間，她看見在他眼眸

深處仍有一絲微弱的光芒顫動著，她幾乎無法呼吸，只感覺到自己劇烈的心跳。

　　一直坐在扶手椅上觀察整個情勢的國王，此時直視著王子說：「那麼，我們所聽到魔咒和躲藏先生是怎麼回事？而公主的顫抖、胃痛、胸口悶、受傷及哭泣，還有必須自己去摘玫瑰又是怎麼一回事？」

　　王子承認所有的一切都是真的，並告訴他們，他和公主試盡了種種方法想要解除魔咒。

　　「在這期間，她一直是我最好的朋友。」他的聲音因激動而顫抖，他再一次用他特有的方式捏捏公主的手。「即使當躲藏先生傷害她時，她仍然相信我。即使當我不在自己身邊時，她仍一直陪伴著我。」

　　「公主說，你將魔咒怪罪到她身上。」國王說。

　　「不，是躲藏先生怪罪她的，我始終知道那不是她的錯。」

　　「你必須盡全力擊敗魔咒，否則它將摧毀你最珍視的一切。」皇后說。

　　「那魔咒實在太厲害了，我無法擊敗它，我力量不夠，我已經累了。」王子回答。

　　「但是你必須去做。」皇后堅持。

　　「我真的很抱歉。」王子說。他看看皇后，又看看國王，

然後再看看皇后。「我非常敬愛你們兩位，我從未想過要這樣傷害你們，也從不想傷害公主。從我見到她的那一刻，便愛上了她，我無法忍受生活中沒有她，但我也無法忍受像這樣繼續傷害她。」王子的眼眶中充滿了淚水，當他低頭時，淚珠便一顆顆地滴在他的大腿上。

維琪開始大聲尖叫，她叫得非常大聲，實在讓人難以置信，除了維多利亞外竟然無人聽到她的聲音。「誰來幫幫忙，快！抱住他，維多利亞。像以前一樣用妳的手指頭順順他的頭髮，並告訴他一切都沒問題。凝視他的眼睛，告訴他無論發生什麼事，我們都愛他，直到永遠。維多利亞，求求妳照我說的去做，否則一切就太遲了！」

公主是如此悲傷、困惑而深愛著王子，所有的事物就像一團模糊的漩渦一般繞著她轉，她只覺得喉嚨像是被什麼哽住了，一句話都說不出來。

國王站起來，緊絞著雙手來回踱步。「我曾解決過最艱鉅的，影響整個王國人民生活的問題，然而，我卻想不出任何辦法幫助我自己的女兒和女婿。」

「或許天意如此，人們無力可回天。」皇后說。「我真的很抱歉，孩子們，這一次我無法給你們任何建議。」

王子起身準備回家，他向國王和皇后道別，比平常更用力、更久地擁抱他們。當公主陪他走到皇宮大門時，他用手臂

環著公主的腰，然後轉身在公主耳邊低語：「我愛妳，公主，我一直愛著妳，無論發生什麼事，我都永遠愛著妳。」

不等門關上，公主立即飛奔過走廊，爬上旋轉梯，跑回她的房間關上門，跳上床，抱著被子痛哭起來。她試著做些決定，但想著想著卻又哭得更傷心，最後終於精筋力竭，陷入不安穩的睡夢中。

公主向前走

心與理智的交戰

做與不做之間

　　這一天，公主打了一個小盹，醒來後，夢中那隻會唱歌的貓頭鷹的影像還歷歷在目。她知道她夢中頭戴草帽、身掛聽診器，正彈奏著一把迷你的五弦琴的貓頭鷹不是別人，正是亨利・赫伯特・霍特——心的醫生。

　　她起身踱到窗邊，望見不遠處小山丘上聳立的那棵樹，就是在那兒她第一次遇見，或者說她以為她遇見醫生的地方。那樹似乎正在向她招手，她知道，即使貓頭鷹是真實存在的，都已經這麼多年了，她是不太可能在那兒找到他了，但她覺得自己還是無法抗拒想去那裡的念頭。估計自己可以在天黑前抵達山丘後，她匆匆披上一件毛衣便出發了。當她快步走下樓梯時，碰見了皇后。

　　「我出去散個步，母后，很快就回來。」她告訴皇后。

　　她穿過皇宮花園，來到山丘。她抬頭看著樹並用手遮住落日的刺眼光芒，那樹已不再是棵小樹了，但它還是孤零零地站在山丘上，襯著一大片橘紅色天空，看起來比記憶中更孤獨。

　　她滿懷期望地望望枝幹，但並沒有看到貓頭鷹，太陽掉到地平線下了，她的心情也跟著掉落谷底。

「哦，醫生，真希望你在這裡，你是我認識的人之中唯一有可能幫我的。」她大聲地說。

她失望地坐下，凝望逐漸暗下來的天空，第一顆星星出現了，散發出越來越明亮的光芒。

「對著星星許願，維多利亞。」維琪建議。

「哦，維琪，天色已經不早了。況且，那也不會有用的，醫生根本不在這裡。」

「我打賭如果妳對著星星許願的話，他就會來。拜託妳，維多利亞，好嘛。」

「好吧，我試試看。」

她抬頭望著星星開始許願：

星星光、星星亮，

今晚見到的第一顆星星幫我忙，

我希望，我期望，

實現我今晚的夢想。

她緊緊閉上眼睛，非常認真地許願，希望醫生出現，但是等了又等，什麼事也沒發生。她喪氣地用手蒙著臉，倒在地上。過了一會兒，天空傳來了五弦琴的樂聲，伴隨她期待已久的歌聲：

做與不做之間

聽見妳對星星許願，

我飛到此地不辭遠，

當妳釋放妳的心願，

神奇事物即將出現。

「醫生！」公主大喊，一躍而起，跑到貓頭鷹身邊。「真的是你！我在樹上找了又找，可是沒看見你。」

「妳沒看見的東西可多了，公主。」

「我看見很多東西，我看見你，還有你的草帽和五弦琴。我看見樹、天空和我許願的那顆星星。」

「世上還有很多眼睛看不見的東西。」醫生說。

「是什麼樣的東西呢？是類似讓夢想成真的許願嗎？」

「如果許願能讓夢想成真，為什麼妳所有的祈願都無法使王子擺脫邪惡魔咒？」

「你怎麼會知道關於魔咒的事？」

「一隻小鳥告訴我的。事實上，是妳的一群有羽毛的朋友告訴我的。當你不再歌唱時，牠們全跑來找我諮詢，因為牠們感到心情沉重，幾乎無法飛翔。」

「是的，我知道那是什麼感覺，我是說心情沉重那部分。」公主嘆息著說。「如果我能想到辦法幫王子解開魔咒就

好了，我就可以再快樂起來，和小鳥一起唱歌，一切都不會有問題。你一定要幫我，醫生，我什麼方法都試過了，沒一個管用。」

「妳答對了，公主，沒一個管用。」

「我想你一定知道什麼我還沒想到的。」

「我的確知道，那就是什麼也別做。」

「什麼也別做？」

「是的，什麼也別做。」

維多利亞皺起眉頭思索醫生的話。「什麼事也不做嗎？」

「是的，公主，妳還沒試過什麼也不做。妳必須停止做任何事，什麼事也不要做，什麼話也不要說。不要解釋，不要辯解，不要試著把事情做對，不要懇求，不要道歉，不要脅迫，不要擔憂，不要熬夜思考、計畫、理解，懂嗎？」

「我不能只是什麼都不做！」

「藉由什麼都不做，事實上妳便是在做一些事，一些能夠幫助王子，使妳不再妨礙他的事。」

「你這樣說是不對的。我哪裡妨礙他了？我只是試著幫他。」公主忿忿地說。

「原諒我，公主，我不是故意冒犯，但是王子只顧找妳的錯，根本沒時間去看看自己出了什麼問題。如果妳什麼也不做，他反而比較可能會看到自己正在做一些不可理喻的事。」

做與不做之間

「我不能不幫他，如果我不幫他，他會變成什麼樣呢？」

「妳已經做了這麼多，也說了這麼多，他現在又變成什麼樣呢？而妳又變成什麼樣呢？」

「但是他要求我幫他。」

「如果僅僅是某人要求，這並不足以成為提供幫助的理由。很多時候，幫助只會導致傷害。」

公主用手緊壓著太陽穴，因為她的頭開始痛起來，而維琪也開始變得很激動。

「但是我們必須幫助王子。只要維多利亞找出我們到底哪裡做錯，我們就可以用正確的方法重新來過，然後一切問題都將迎刃而解。」維琪突然開口。

「我想那是小維琪吧？」醫生說。「哈囉，妳好。」

「你怎麼知道維琪？你不可能從小鳥那兒聽來。」維多利亞問。

「貓頭鷹知道很多事，我們是很有智慧的。」

「她通常只對我說話，但是有時候她講得太大聲，讓別人聽見了。當然他們認為那是我，有時候我也以為那是我說的。嗯，她是我……我是說，她跟我是一體的，我自己都分不清誰是誰。不管怎樣，這很難解釋。」

「妳不需要解釋，公主，每個人都有個像維琪一樣的伴侶。在《心的醫生新王國醫學期刊》上有好多文章討論過這種

現象。」醫生回答。

「真的？我還以為我是唯一。」

「我們可以改天再討論這個，但是現在我們必須回到手頭上的問題，妳和維琪都要好好聽清楚。」

「我會注意聽的，不過我想維琪不會，她並不擅長傾聽，尤其當她煩躁時。」維多利亞說。

「看情況再說吧，到這裡坐下。」醫生揮著翅膀招呼公主過去。「妳犯的錯誤是，妳相信是妳自己在王子身上下了魔咒，所以如果妳能夠確實想出正確的萬靈丹，就可以解除魔咒。」

「對！對！就是這樣！」維琪喊道。「我們需要神奇的萬靈丹！但是儘管維多利亞非常善於理解，她還是想不出那是什麼。」

「那是因為唯一能在王子身上施魔法的人，就是王子自己。」醫生說。

「那就完全沒希望了，他不行的，他已經累了。」維多利亞說。

「他當然可以。」醫生說。「但是不管他做不做得到，都不能決定妳快樂與不快樂。」

「當然可以。」維琪回答。

「並不見得。」

「我們該怎麼做？」維多利亞問。

「如同我之前建議的，什麼也別做，至少不要做任何關於王子和魔咒的事。然而，妳可以為自己做些事，事實上，妳可以為自己做很多事。」公主懇求地抬頭看著醫生，眼中充盈著淚水。「我沒有辦法做其他事，我既厭煩又疲倦。你是個醫生，你能幫我嗎？」

「當然可以。」貓頭鷹回答道。他打開他的黑色袋子取出一本處方籤，用一枝摺疊鵝毛筆在上頭潦草地寫了一些東西，然後撕下來遞給公主。她瞇著模糊的淚眼，努力辨認他的字跡……

姓名：維多利亞公主

地址：皇宮

處方：真理是最佳良藥，吃越多越好，越常吃越好。

續藥：無限制取用

簽名：亨利・赫伯特・霍特，D.H.

「真理是一種藥嗎？」公主問。

「是的，那是全世界最精純、最有效的藥，也是唯一能幫助妳的藥。」

「我如何能找到真理？」

公主向前走

「妳可以從這個開始。」醫生再度將手伸進他的黑袋子，取出一本封面印有可愛紅玫瑰的小書，遞給公主。她看著封面上的燙金字體：

《從此幸福的生活指南》

給厭倦於厭倦的公主們

亨利・赫伯特・霍特，D.H.

「這正是我想要的——從此幸福地生活！」公主一邊說一邊將書貼緊她的心口。

「記住，閱讀這本書只是個起點。要讓事情改變，妳必須先改變妳自己。」醫生說。

「我自己？」維多利亞詫異地問，「是王子應該改變他自己。」

「那要由王子來決定，妳必須牢牢記住這一點。」

「或許應該讓王子看看這本書，好讓他較容易改變自己。」維琪試探地說：「維多利亞可以幫他畫重點，讓他……」

「只要妳再做妳一直以來所做的事，就會一再得到跟現在一樣的結果。不要再做徒勞無功的事了。」醫生說。

「可是我們比任何人更知道怎樣做對王子最適合！」維琪

怒氣沖沖地回嘴。

「妳必須選擇快樂，而不是適合。」

「選擇快樂？」維多利亞問道。

「是的，快樂是一種選擇。」

「我現在甚至不敢想到快樂，但是我願意做任何事來換取平靜安詳。」公主說。

「如果妳是真心的，公主，那麼妳已經邁向平靜安詳之路了。但是妳必須從起點開始，回去閱讀那本書吧！」

「可是，醫生……」

「閱讀那本書吧，然後我們可以再多談一點。」醫生溫和而堅定地說。

「你確定當我讀完這本書時，你會在這裡嗎？」

「再確定不過了，公主，我說話算話。」

「我很高興你回來找我。」維多利亞對貓頭鷹說，並給他一個親切的擁抱。

公主心中充滿希望地緊抱著那本書，轉身走回她父母的皇宮。她等不及要回到她安靜的房間，開始展讀那本書。正當她穿過走廊，國王出現了，他手上揮舞著一封信，說：「這是信差剛剛送來給妳的。」

公主看見信封上王子的字跡端正地寫著她名字，當她打開信封閱讀裡頭的文字時，一股巨大的哀傷席捲而來。王子寫

著：

玫瑰是紅的，

紫羅蘭是藍的，

快快回家了，

難關我們一起度。

她跑回房間，飛快地收拾，她先把衣物都扔進旅行袋，再將書放在最上頭，然後匆匆下樓告訴國王和皇后她要回家，要他們不必擔心。有一瞬間她想告訴他們，她已經從一位心的專家那兒尋求到協助，但隨即想起上次她試著解釋醫生的事情時，國王和皇后的反應，所以又按捺住了。

當馬車駛離她父母的皇宮時，公主從旅行袋中取出《從此幸福的生活指南》，翻開第一頁。

「妳上一次對鏡翩然起舞是什麼時候？」書本第一句寫著。「妳上一次歌唱並吸引樹上的鳥兒飛來一起合唱又是什麼時候？上一次因為一束紅玫瑰而滿心歡喜又是什麼時候？」

公主的眼眶開始湧上淚水，眼前的字跡也開始模糊。上一次是什麼時候？她不記得了。

試著這次只為自己負責

公主完全沉溺在《從此幸福的生活指南》的內容中，所以覺得好像只花了一會功夫就回到她和王子的皇宮門口。她幾乎捨不得將視線從書上移開，下了馬車走進皇宮，手上還緊緊抓住那本書，手指頭夾在她剛剛閱讀的書頁中。

車夫將她的行李放置在門口地板上，一進門，公主便聞到一股再熟悉不過的芬芳。她抬頭看看門口兩旁的平臺，上面裝飾著手工水晶花瓶，花瓶內正擺滿了鮮豔欲滴的紅玫瑰。

「看！他為我們摘了玫瑰，維多利亞！」維琪興奮地說。「他漸漸好轉了。」

「或許吧，維琪。但他也可能只是因為害怕我們離開他，不得已才做的。妳知道的，當他覺得我們可能會離開時，總是會對我們好一些，然而卻也總是持續不久。」

「不是的，他仍愛著我們，這些玫瑰就是證明。」

「我現在不想討論這個，維琪。」公主急著繼續閱讀那本書。

王子顯然並不在家，公主鬆了一口氣，她跑上樓，到主臥室跳上床。臥房中傳來的陣陣花香，讓她禁不住望了一眼梳妝

臺上的花瓶，不出她所料，花瓶中也插滿了紅色玫瑰花。

公主一邊暗自希望維琪不要再挑起剛剛的話題，一邊翻開她方才讀到的書頁。她讀了又讀，並在每一頁中辨認出自己的身影，這個事實讓維琪非常煩躁不安，於是開始不斷干擾維多利亞的思緒。

「那鬼東西只是一堆荒謬誇大的文字，妳最好把那本書扔出去，並忘了醫生的愚蠢建議。我知道那只會給王子帶來一大堆麻煩，我知道一定會！」

「我還有別的選擇嗎？我已經試過所有想得到的辦法了，沒有一樣有用。聽醫生的話是唯一的希望，他很睿智，又是個專家。」維多利亞答道。

接下來的幾天內，公主無論走到哪兒都帶著醫生的書，一有機會便讀書。《從此幸福的生活指南》像是專門為她而寫，維多利亞在重點部分都畫上了紅線。她實在太習慣於幫王子做這種事了，所以她不斷地提醒自己，這一次，她是為自己而做。她一遍又一便複習畫紅線的章節，尤其是當躲藏先生又開始用惡毒的言詞攻擊她時。

「言語能夠像拳頭一樣傷人，妳必須避免掉入陷阱。」第三章如此說明。「激烈的爭吵與冷戰都同樣傷人。」說的真是太對了！雖然它們都是無形的，但公主心中的創傷卻可以證明

它們確實存在。

閱讀這本書並不輕鬆，有時候，公主必須一個句子念上四、五遍才能了解其中含意，而某些部分更是一再神祕地從她腦海中飄走，讓她不得不一遍遍重讀那些章節；即使如此，她還是往往在翻過一頁後，便忘記前一頁的內容。這種現象以前從未發生在她身上過，即使當她還是皇家大學的學生，為了期末考而長時間念書時，也從未發生過這種事。不過，當時維琪當然沒有像現在這樣，不斷試圖讓她分心。

維琪用鬧彆扭和發脾氣來動搖維多利亞的決心，希望她停止遵循醫生的建議。

「我不相信那本蠢書裡的垃圾建議，我也不想照它說的去做！」某一天，維琪嚷嚷著。「我才不管它說什麼不要和王子玩遊戲，以及與他共舞。我喜歡玩遊戲，我喜歡跳舞，妳知道的！我永遠都不會放棄！」

「妳不明白，維琪。它說的不是那一種遊戲和舞蹈，它是說……」

「還有那些我們不能幫助王子改善狀況，只能靠他自己的說法，以及什麼我們把國王、皇后、愛與傷害都混為一談的胡說八道，都真的、真的快把我逼瘋了！」

「是啊，有人真的、真的快把我逼瘋了！那就是妳──維琪！我正試著找出究竟出了什麼問題、為什麼有問題，然後

該怎麼辦。即使沒有妳在一旁一直吵鬧不休，就已經夠麻煩了。」維多利亞說完後又回到書本上，但剛和維琪爭執完的她，發現自己很難重新集中注意力。

對王子什麼事都不做，果真比對他做某些事更困難，公主必須將手深深插在裙子口袋中，以提醒自己新的放手政策。當她必須提醒自己不要說話時，她則想像被膠布緊貼住嘴。

她一再地對自己重複醫生的話：「要讓事情改變，妳必須先改變妳自己。」她盡其所能地照著做。不久之後，她不再無時無刻地想著如何幫助王子破除魔咒，也不再嘗試跟他解釋或規勸他了。

她加倍努力要自己不去擔憂王子回家時的狀況，也不再計畫演練當他說這說那時，她要如何回應，或是小心控制自己不要去說、去做、去想、去感覺可能會觸怒他的任何事。她發現，儘管什麼都不說，以及什麼都不做相當困難，但還是比什麼都不想，以及什麼都不感覺容易多了。儘管她已經盡最大的努力來停止思考活動，但惱人的思緒仍不斷在腦袋裡奔竄。

雖然她的腦袋裝得滿滿的，但是其他部分卻感到極為空虛，她的生活及她自身都出現了空隙，似乎沒有任何東西能將之填滿。時間一天天過去，每個空虛時刻越來越沉重地壓迫著她的雙手、她的心智和她的心靈。

她翻開《從此幸福的生活指南》尋求忠告，書上說，對一

試著這次只為自己負責

個正在尋求轉變的人而言，這種同時感到塞滿與空虛的現象是很常見的，它還建議，此時最好從事以她自己為主的新活動，來取代以王子為主的舊把戲。

公主想起當她為她的書嘗試新菜式時，她的雙手和心神一刻都不得閒，因此她決定再一次嘗試烹飪。她開始從清晨忙到晚上，但是有時候，她的思緒還是會陷入混亂，還是覺得空虛一如往常。她想，置身於玫瑰花叢中或許能讓自己覺得好過些，於是她試著在花園中從日出到日落不停地工作，但那只是讓她更加憂鬱，因為玫瑰花讓她不斷地想起王子。

有一段時間，她就只是躺在床上，服用宮廷御醫開的放鬆藥劑，可是一點幫助也沒有。於是公主決定試試其他新活動，她想了又想終於列出一張表，上頭寫滿了可能會比她已經嘗試過的事物更有效的活動，其中最有用的點子就是逛街購物。她聽說逛街買東西的確可以讓人快樂起來，而且對於填滿空虛的時光和淨空過滿的心思特別有效。

第二天早上，公主便站在老王國百貨公司的門口等候開門，進門後，她馬上走到布料部門，選了幾匹布料，計畫稍後拿到宮廷裁縫師那兒，但隨後她就陷入前所未有的熱烈購物欲望之中，根本沒時間找裁縫師。

當商店關門時，她才帶著大包小包有花飾沒花飾的帽子、各種質料，綢緞的、皮革的和羊毛的，每種又各有不同顏色的

手套。她還買了許多不同尺寸、不同款式的裝飾品和鞋子，以及搭配用的皮夾。由於實在買太多，除了車夫外，還動員了三名店員才將所有的袋子裝上馬車。

從此以後，她每天都從商店開門一直買到關門，各類商品塞滿了她的衣櫃，其中有兩個櫃子甚至連關都關不起來，最後，她索性將一間客房變更為儲衣間，但很快的，那房間也塞不下了。

一天，皇后前來探望公主。「妳計畫出外旅行嗎，維多利亞？」皇后問。「妳在這裡的衣服比老王國百貨公司裡擺的還多！妳穿得完所有的衣服嗎？」

但是即使知道自己不可能穿完所有的衣服，仍然不能阻止公主繼續回到百貨公司買更多衣服的瘋狂舉動，而且她內心還是一如往常般空虛。日復一日，她瘋狂採購直到筋疲力盡。一個晚上，當商店關門時，她被意外地鎖在裡頭，事實上，她也不太在乎。直到那個時候，她才了解到，她的生活已經變得如此無聊又無意義，而她自己也變得既絕望又無助。

第二天，她急切地翻閱《從此幸福的生活指南》，期望能找到指引。很快地，一句話躍上她眼前：「藉由書寫，釋放妳所有痛苦的思緒和感覺。」

公主馬上拿出鵝毛筆和羊皮紙，坐在梳妝臺開始動筆，但是心裡一片空白，她的痛苦埋藏太深，所以無法一吐為快。她

伸手拿起音樂盒，想到她傾聽這個音樂盒並懷抱夢想的漫長歲月，她上緊發條，盒子上優雅的人偶開始隨著〈我的王子將會到來〉的旋律翩翩起舞。

當她聆聽她最喜歡的歌曲時，內心深處的痛苦開始一湧而上，公主抓起筆，一股腦地將流瀉而出的痛苦全傾吐在羊皮紙上。她不停地振筆疾書，一邊寫一邊不停地悲泣流淚，大量的淚水將墨汁暈開，蜿蜒流過紙頁的邊緣。

從那一天起的每一天，公主對《從此幸福的生活指南》的每一章節，都讀了又讀、想了又想。她發現，她隨便翻開一頁，就能發現她當時最需要的訊息，好像它是專為幫助她而寫似的。

「快樂是一種選擇。」書中這樣寫著。她在心中一遍遍地誦念這一段句子，想到醫生也對她說過同樣的話，可是快樂似乎是那麼遙不可及……她繼續讀下去：「一但妳做了這個選擇，就必須盡力練習快樂，即使妳必須假裝快樂也無妨，直到真正得到快樂。」然後下面接著解釋思想是如何隨著行為而改變，而感覺又是如何隨著思想而改變。

公主仔細思量她讀到的句子，突然間，想到一個主意。她撕掉原來那張表，重新又列了一張，其中第一件事就是重新履行她荒廢已久的皇室責任，因為之前她所有的時間都用在幫助王子，無暇顧及其他。她開始義務指導中央孤兒院的小朋友做

年度戲劇表演、到皇家大學上花藝設計課;雖然大部分時間她必須強迫自己去做這些事,但無論如何,她還是去了。當她內心哭泣時,她還是盡可能在臉上露出最甜美的笑容,並一再對自己說:「即使必須假裝快樂也無妨,直到真正得到快樂、即使必須假裝快樂也無妨,直到真正得到快樂……」

不久後,公主開始烹調她的拿手菜,並盡可能讓自己享受這些菜餚,儘管躲藏先生經常會在晚餐時出現,並搞砸一屋的好氣氛。漸漸,她很少再如臨大敵似地小心翼翼,開始花較多的時間想想其他的事,而不只是想自己的事,以及感覺自己如何的糟。

一天下午,當她正在準備義大利麵醬時,她驚覺一陣久違了的美妙聲音——她發現自己正在哼著歌。稍後,當她忙著剁堅果時,她沒想到自己又能開懷高歌了;突然間,一隻胖胖的青鳥從廚房窗戶飛進來,由於誤判降落地點,噗通一聲,正好一腳踩在開心果泥上。

「不會又是你吧!」她一邊咯咯笑著說,一邊把那隻掙扎扭動的鳥兒提起來,並像以前一樣將牠腿上的開心果泥刷乾淨。「那些開心果老是跟你過不去,對不對,我滑稽的小朋友?」她盯著青鳥的臉說。「你是進來跟我一起歌唱的,對不對?」她問。「好吧,那麼我們開始唱吧。」

試著這次只為自己負責

她又開始唱起歌來，很快的，其他有羽毛的朋友也紛紛加入，牠們和諧的啁啾聲讓廚房充滿了蓬勃生氣。當甜美的合聲飄蕩在整個房間時，公主才了解到，一直以來，她究竟錯過了多少美好的事物。

從此之後，公主更懂得關心自己。雖然，她越關心自己，就越能容忍王子對她長篇謾罵，王子也就越生氣。

一天，當公主坐在起居室裡，忙著剪下《王國時代週刊》上美食專欄的食譜時，王子站在走廊上朝她大嚷：「妳不再愛我了。」

她提醒自己保持冷靜，她知道，一旦陷入這樣的唇槍舌劍，接下來幾天，她都會感覺好像被馬車輾過一般。

「哦，我很抱歉你這麼覺得。」她按照《從此幸福的生活指南》上的建議，用不帶任何立場的口吻回答。

「哦，哦！」他走到她面前嘲弄地模仿著。「這就是妳要說的？妳以前可是長篇大論的！」

「我不想跟你吵。」她冒險地回了一句。

「為什麼不呢，完美小姐？怕吵輸嗎？」

為什麼到頭來總是這樣？雖然她很清楚他會說些什麼，但是她還是忍不住又問了一次：「我什麼時候變成你的敵人了？」

試著這次只為自己負責

「我不知道。或許是從妳開始幫我的那一天起。」

「可是，是你要求我幫你的，你懇求我！」

「不，我沒有！我從來就不曾要求妳的幫助，而且我也不要妳的幫助。」熟悉的困惑混亂又席捲了她。

「妳說妳做的那些事是在幫助我？幫助我什麼？改變嗎？因為原來的我對妳而言並不夠好？」

「你這樣說不公平。」渾身顫抖的公主聽見自己的聲音說：「我愛你，我想念你，我要你回來，我要我們都回到從前的日子。我不曉得到底是出了什麼問題，我要怎麼做才能接觸到你的內心？」

「妳根本就不愛我，或許妳從來就未曾愛過我。妳想要的王子根本就是妳夢想中的王子，而不是妳現在擁有的這一個。」

「但是我的確擁有過他，你曾經就是他，你曾經是我所夢想的一切，直到魔咒控制了你。」

「妳就是不懂，我說過，王子已經死了！妳就是不相信。」

「我辦不到，我知道他還在這裡，有時候，我還可以看見他、感覺到他。」

「妳總是分不清現實，即使妳親眼看到也是一樣，看著我。」他粗魯地抬高她的下巴，命令道：「看清楚，妳所看到

的就是妳現在所擁有的，而妳顯然不想要我，妳根本不愛我，妳甚至無法忍受我。好吧，我有個消息告訴妳，我也無法忍受妳，妳覺得怎麼樣啊？吹毛求疵公主，皇家痛苦小姐……」

「不要再說了！不要再說了！」維琪尖叫著。

維多利亞覺得天旋地轉……醫生，她必須見醫生一面。

公主必須抓著沙發的扶手才站得起來，她茫茫然地走向起居室門口，但是王子搶先一步擋住她。「妳以為妳要去哪裡？」他咆哮著。

她的心臟急遽地跳動。「我……我不曉得……我要去別的地方……我是說……」

「我還沒講完呢。」

「我已經聽夠了，我再也受不了了。」

「由我來決定妳是不是已經聽夠了。」他抓住她的手臂說。

「放手，你弄痛我了，放手！」

他咬牙切齒地瞪著她，將她的手臂抓得更緊。

「求求你放手。」她哭喊著，並試著擺脫他鐵鉗般的掌握。

突然間，他放開她的手臂，讓她跌到地板上。「妳想走？那就滾吧！」

公主掙扎著站起來，她一站穩，便立即奪門而出，穿過長

長的走廊，向大門飛奔而去。王子在她身後大吼著：「去妳和妳的大頭夢。妳不配過幸福的生活！妳聽到了嗎？妳不配！」

真理之路

　　當維多利亞召喚僕人準備馬車時，維琪的聲音在她腦中爆開來：「我不要去見醫生，我早告訴過妳，那個冒牌醫生和他的蠢書會把每一件事都給毀了。現在可好了，王子討厭我們！他恨我們！這都是妳的錯！」

　　維多利亞已經沒有力氣再和她爭論了，當馬車開動時，她把頭深深埋在手中，試著不去聽維琪的喋喋不休，只希望醫生知道該怎麼辦就好了。

　　公主吩咐車夫將馬車駛到最靠近山丘的地方，然後要他在山腳下等著，她自己則徒步走上山丘的那棵樹下，她一邊走一邊試著不去理會維琪一路上不曾停歇的嘀咕抱怨。

　　「醫生！醫生！你在哪裡？我需要你。」她四處張望著，但是到處都不見貓頭鷹的蹤跡，如果找不到他的話該怎麼辦呢？她不禁顫抖起來。

　　「醫生，我現在就需要你。現在！求求你快出現！」

　　「親愛的公主，缺乏耐心只會讓人忽略眼前正在發生的事。」醫生不知從哪兒冒出來。

　　「哦，醫生，謝謝老天，你在這裡。我不知道該怎麼做，

什麼都不管用，或者我應該說，什麼都不做並不管用。我是說……哦，醫生，我已經這麼努力了，有什麼用呢？我放棄了。」

「與其放棄，不如臣服。」

「這是什麼意思？」她問。

「一個人往往由於絕望而放棄，卻由於接受而臣服。」

「接受？」

「是的，接受他所不能改變的事。」

維多利亞沉思片刻。「你是說，除了接受王子，以及他所做所說的那些總是令我哭泣、顫抖、胃痛的事之外，我沒有其他的選擇了？」

「一個人總是有其他的選擇的，但是去改變別人並不在選擇之中。」醫生回答。

「我現在已經知道了。但是我還有其他的選擇嗎？」公主問。

「妳可以選擇不對他所說所做的事做任何反應，盡可能地好好過自己的生活，並接受他可能還會繼續說或做他現在做的那些事。」

「自從你告訴我什麼也別做，並且給我《從此幸福的生活指南》以來，我一直試著這麼做。但是即使我將手插在口袋裡，以提醒自己對王子要採取放手政策，並且想像膠布貼住我

的嘴，提醒我記得閉嘴，我還是不能完全做到。當我履行我的皇室任務，或在孤兒院指導孩子們演戲，或到大學上插花課，或是烹調我最喜歡的菜餚時，我總是時時刻刻感覺到一塊巨大的烏雲籠罩著我。」公主嘆了口氣。

「所以，我還有其他選擇嗎？」

「妳可以選擇不要待在王子所在的地方。」

「你是說我應該離開他？」

「我並沒有做任何建議，不過這也是妳的選擇之一。」

維琪再也無法保持緘默了，她的聲音在維多利亞的腦子裡轟隆隆響起：「我永遠不會離開王子，或是放棄他，或是臣服，或是你們說的其他鬼東西。永遠不會！妳聽到了嗎？永遠不會！」

「維琪，拜託！我再也受不了這些了，我真希望自己能夠逃開。」維多利亞大喊，絕望地伸出雙手。

「逃避自己的問題就如同想掙脫自己的影子一樣不可能；逃避從來就無法解決問題，只有前進才可以。」醫生說。

「所有的一切都是一團糟，每一件事都跟我原來所想的不同，我整個生活已四分五裂，而我卻無力阻止。」公主低垂下頭，不再說話。

「妳已經發揮相當大的力量，度過目前發生的一切了。」

「我覺得自己不夠堅強，我已經耗盡所有精力了，而且我

還是會顫抖、胃痛和⋯⋯」

「妳還是會持續消耗精力、持續顫抖和胃痛，直到妳決定究竟要留下或是離開，並且安於自己的選擇。」

維多利亞仔細沉思他的話。「每當我要做重大決定時，我總是⋯⋯」

「是的，我知道。」醫生說，並從他的袋子裡掏出他的摺疊鵝毛筆和一張羊皮紙遞給她。

在羊皮紙的左上方，她寫下：「正方：贊成留下。」在右上方，她寫下：「反方：反對留下。」她凝視遠方，沉思片刻，然後拿起鵝毛筆飛快地寫著。

「把他在大使館裡工作勤奮寫下來。」維琪力促道。「還有他每天晚上下班後都直接回家，以及他很英俊又聰明風趣，也很會修理東西。還有寫下當我們生病時，他總是帶雞湯給我們喝，並說我們是世上最美的女人，以及為我們採摘美麗的玫瑰花。哦，還要確定妳寫下他⋯⋯」

「維琪，拜託！妳一直對我吱吱喳喳的，我根本無法好好思考。」

「那妳就不要誇大他的缺點，我敢打賭，許多王子一定比他更、更、更糟得多。他又沒那麼壞，如果妳能忍受的話，那我也可以。」

「這倒是真的，他的確擁有很多好的特質。」維多利亞

説。她的筆又移向留下的理由那一欄，但是，很快地，反對留下的理由那一欄卻越來越長，維琪也越來越慌。

「妳正在犯一個大錯，維多利亞。妳怎麼知道跟著其他王子會更好？我們可能耗盡一生，卻再也找不到另一個愛我們的王子，我們將會永遠孤獨，而這都是妳的錯！」維琪哀嚎著。

幾分鐘後，維多利亞淚流滿面地從書寫中抬起頭來。「但是我還愛著他，醫生，即使反方的理由比正方長得多；而且我知道他也還愛著我，至少在他內心深處那個真正的王子——笑咯咯博士那部分是如此，我怎麼能夠離開？」她説。

「愛使人感覺愉快，如果妳並不感到愉快，那就不是愛。」醫生説。

「但是那感覺像是愛。」

「如果妳痛苦的時候比快樂的時候多，那就不是愛，而是別的東西。那東西讓妳陷在牢獄中無法自拔，讓妳看不到妳面前正敞開一扇通往自由的門。」

公主只要一思及離開王子的可能性，便有一股更強大的力量將她拖回王子身邊。但是她知道，無論這種感覺是不是愛，如果任它占了上風，她就必定會再回到牢獄之中，一座她再也無法忍受的痛苦牢獄。她咬著嘴唇，與內心澎湃洶湧的感情起伏奮戰，覺得自己就快枯萎而死。

最後，她終於轉身面向醫生，他一直安靜地在一旁等候她

的決定。她的聲音顫抖著：「我知道我必須離開，但是我能去哪裡呢？」

「妳將會繼續沿著真理之路走。」

「你的意思是，我已經走在真理之路上了？」

「沒錯，從我給妳處方，而妳也開始閱讀那本書的那一天起。」

「那麼，我為什麼從未注意到這條路？」

「路就在那裡，不過人往往要在路上行走一段距離後，才會注意到路的存在；人們總是看不見他還沒準備好要看的東西。」

「好吧，我現在總算是學到一些關於真理的事情了。」公主平靜地說。「真理就是：童話故事永遠不會實現，而永遠幸福地生活不過是個幼稚的夢罷了。」

「正好相反，公主，童話故事是會實現的。」醫生說。「不過它們往往跟人們一開始想像的不同，妳的圓滿結局正在路上等著妳呢。」

「真的？一個不同的童話故事？」她的臉蛋亮了起來。公主從沒想過如果沒有勇敢、英俊、迷人的王子騎著白色駿馬衝出來拯救她，將她一把抱到馬背上，然後一起迎向夕陽的話，她還會有可能從此過著幸福的生活。她嘆了口氣說：「我一度也以為幸福圓滿就在前方等著我，可是你看我被帶到哪裡！」

「它帶妳到妳現在所在的地方。」

「我現在所在的地方又怎樣？」維多利亞質疑。

「妳將會在路上找到答案。」

她開始遲疑。「我不想自己去，你可以為我指路嗎？」

「如果可以的話，我會為你指路，但是我們都必須找出自己的路。」醫生沉靜地回答。

「我怕我會迷失方向。」她說。

「妳不會是第一個迷失方向的人，但是不要害怕，妳的心知道路怎麼走。」

「我的心要我回家，我不知道這麼做有沒有意義？」

「真理賦予每一件事意義。」

「醫生，你這麼聰明，你應該已經知曉關於真理的一切，為什麼你不乾脆告訴我，那麼我就不必到處去尋找真理。」

「沒有人能夠從別人那裡學習到真理，每個人都必須自己去發現真理。」

「那麼好吧，我想我應該回家去準備一些東西。」她可憐兮兮地說。

「妳已經擁有妳所需要的一切，只不過妳自己並不知道罷了。不過，如果妳想回家的話，就去吧，我會在這裡等妳，並給妳一些行前的指示。」

「我哪兒都不去！」維琪大喊。「我們不一定非離開王子

不可，我會勸服他，說我們都愛他、需要他，然後他就會將我們擁入懷中，說他很抱歉，過去種種都是錯誤，然後他的眼睛將會迸發出為我們而閃耀的，比以往都更閃亮的光芒。他將會摘取花園裡美麗的紅玫瑰送給我們，我們再把玫瑰插在花瓶中，點綴在皇宮各個角落，一切就像以前一樣美好。我發誓這次一定行得通，維多利亞。我發誓，否則……」

「哦，維琪，我可憐、甜蜜的小維琪，一切都結束了。」維多利亞輕輕地回答。

「不，不，還沒有結束！不可能結束！永遠都不會結束！永遠都不會！妳聽見了嗎？」維琪歇斯底里地尖叫。「沒有他，我會死的。」

「不，維琪，妳錯了。跟他在一起妳才會死，我也是。」

維多利亞心意已決，她急促地走向一旁等候的馬車，啟程回皇宮。回到皇宮後，她走上樓梯，來到主臥室。她在行李中放進幾件必需用品、幾本《皇室家庭自然美食食譜》；然後想到她還必須仰賴《從此幸福的生活指南》，於是也將它一併丟進旅行袋中。

她將一向珍愛的、刻有她名字的小玻璃舞鞋用軟呢圍巾包了起來，再用髮圈箍住，小心翼翼地放進袋子裡。她本來不想帶走音樂盒，因為袋子已經越來越重，況且那音樂總是讓她悲傷不能自已，然而她還是不忍將它留下。

她又想到，皇室地圖或許可以在旅程中派上用場，於是她打開雕著玫瑰花的白色嫁妝盒，在裡頭翻找了一陣，直到手指頭觸及那古老的羊皮紙卷破損的邊緣，便將地圖也放進了旅行袋中。儘管醫生給她的處方籤原本不在計畫攜帶的物項上，但她想了一想，還是給扔進袋子裡。當她繫緊袋子時，也沒忘提醒自己離開前到廚房準備一些乾糧帶走，整個過程之中，維琪的尖叫聲一直沒停過，使得維多利亞頭痛欲裂。

公主走向黃銅柱大床，不禁伸手去撫摸那曾一次又一次被她的淚水浸濕的緞子床罩；但是此刻她所憶及的全是王子擁著她，在她耳邊傾吐愛意的日子。她深深吸了一口氣，品味空中飄蕩著王子最喜歡的古龍水香味；她強忍著盈眶淚水，害怕若就此決湜，她將會被自己的淚水溺斃。

她的心中突然閃過一絲疑慮，但很快地又消失了。

「我必須做一件事。」維多利亞提醒自己。她的聲音聽起來不像她自己的，一切都那麼不真實，她暗暗希望有人能將她自這場惡夢中喚醒。她走到梳妝臺，打開中間的抽屜，看見他們婚禮用剩的感謝回函便條紙，她撕下一張便條紙，在上頭寫著：

玫瑰花是紅的，

紫羅蘭是藍的，

儘管我心悲傷，

卻必須離開你。

　　她將紙條放在玫瑰花瓶旁，然後走向門口。在走出房門之前，她轉身對這個她和王子共度多年的房間看了最後一眼，她的眼光停留在紙條和花瓶上。之前她的心思被離去的念頭所占據，以至於沒注意到花朵竟是如此凋零，枯萎的花瓣從花枝上掉落，在周圍形成小小一堆花塚。

　　她放下旅行袋，走回梳妝臺。她的喉嚨一陣緊縮，她的雙手顫抖。

　　「不！不要！」維琪大喊。

　　「這花是我們一星期多以前摘的，維琪。」維多利亞回答。「花瓣一定是幾天以前就掉光了。」

　　「不！不要丟掉它們！它們可能會回復原狀的！」

　　它們可能會回復原狀？……它們可能會回復原狀？可能嗎？她心想。

　　維多利亞嘆了一口氣。「不，維琪，它們不會回復原狀的，而我們也不會再回來了。」她緩緩地說。

越痛苦，機會就越多

　　在前往山丘的路上，好幾次公主吩咐車夫調轉車頭往回

走，但是每次調轉車頭後沒多久，她又吩咐他回頭繼續朝山丘小樹的方向前進。

維多利亞的決心之所以游移不定是有原因的，因為一路上維琪不斷地恐嚇她，並一直叨絮說沒有了王子她們將會多麼迷失害怕，一定沒有人會再要她們或愛她們，然後她們將會經年虛度時光，既悲傷又孤獨，最後一個人孤零零地死去。

當馬車到達山丘底下，公主拿起她的旅行袋踏出馬車。她吩咐馬車夫回去，然而當她看著馬車駛離時，她不禁感到全身一陣顫抖。她慢慢地走上山頂，心中意識到她走的每一步都將她帶離她深愛的王子和她熟悉的一切遠一些。

當她抵達樹下，她看見戴著草帽的醫生正棲息在一個較低的枝幹上彈五弦琴，她聽見他醇厚的聲音唱著：

> 我沒有皇宮也無駿馬，
> 但我有飛翔的方向啊。
> 我擁有綠樹以及藍天，
> 或許這也是妳的起點。

「對某些人來說，這或許是個起點，但對我來說，卻感覺像個終點，我不敢相信前面的路會有什麼令人期待的。」公主憂愁地抬頭望著他說。

「喔，公主，會有的。雖然現在妳很難相信，妳還是必須心存期待，因為其實妳越痛苦，機會就越多。」醫生回答。

「機會？什麼機會？」

「就妳的例子而言，是擁有美好新生活的機會，今天就是妳的新生。」

「看起來一點也不像。我其實並不想這樣，真希望可以不必這麼做，但是，我也知道不可能。」公主說。

「知道怎樣做對自己最好，即使和妳所想要的不同，這種判斷能力正是成熟的表徵。」醫生一邊說，一邊從樹梢輕輕地飛下來。「當然了，這並不會讓事情變得比較容易。」

「我想我最好在改變心意以前出發，但是我怎麼能走一條甚至連看都看不見的路呢？」

「再看一次，公主。」醫生建議。

公主驚訝地倒抽一口氣。「那是從哪兒冒出來的？」她問道，並指著一條突然出現在她面前的道路。這條路上布滿了岩石，蜿蜒地連接到一個陡坡，向天際伸展。「為什麼我以前從未看見這條路？」

「妳以前可曾真的想要看？」

「不，我並不真的想。」她回答，並極目遠眺那條路，「我看不到盡頭。」

「是沒有盡頭。」

「沒有盡頭？可是如果看不到目的地，我怎麼知道我走的方向是正確的？」

「路上有許多路標。很不幸地，人們往往不仔細看這些路標，有時候，它們也並不明顯，妳必須很仔細地看才能找到路標。」

「這條路看起來很難走，我可能會受傷，或是迷路；或者既受傷又迷路。」

「妳早已是既受傷又迷路了，但妳克服了。這條路也一樣，妳會克服的。」

「我不認為自己堅強到足以通過這條路，我會因為太過軟弱而無法繼續旅程。」隨著時間一分一秒過去，她變得越來越畏怯。

「正好相反。」醫生回答。「妳經歷得越多，就越有機會變得更堅強；謹記住我說的關於痛苦與機會之間的關係。」

「我可不那麼確定，當我說要去的時候，事實上一點都不知道將會遇到什麼。」

「沒有人說走向真理是件簡單的事，要走向真理，必須具備多重身分——必須是個探險家、領航員、開拓者；因為真理之路往往崎嶇難行，更以滿布障礙聞名。路上的坑坑洞洞等待著不知情的旅人，滿地的小石子在腳下滾動，還有許多根本無法搬移的大石頭，甚至像座小山那麼大的巨石，擋住妳的去

路。有許許多多東西擋在真理之路上，有些大，有些小。」

「聽起來像是等待救援的絕佳地點。」但她隨即又想起：「我想我的王子應該不會來拯救我了吧？」

醫生微笑了。「瞧，妳已經開始在學習了。現在，我必須給妳一些行前指示了，準備好了嗎？」

「我想是吧。」

「無論發生什麼事，妳都必須沿著這條路走，並找尋在那裡等待著妳的真理，不要讓任何事阻礙妳尋找得以為妳療傷治病的真理。」

「當我找到真理時，我怎知那就是真理？」

「當妳在這條路上前進時，真理會變得越來越清晰。誠心誠意地追尋它，最後妳就會抵達真理殿堂——神聖卷軸之屋。」

「真理殿堂？我從來沒聽過，它是什麼樣子？還有，神聖卷軸之屋又是什麼？」

「真理殿堂是全世界最美的地方之一，超乎人們所能想像，一旦得其門而入，必將改頭換面。而神聖卷軸則會喚醒妳的心智，並釋放妳的心靈，妳將尋得寧靜安詳，並且學習真愛的祕密，那是妳一生一直夢想得到的愛情，那時妳就已經走上實現童話故事之路了。」

「哦，醫生，那正是在這世上我最想得到的東西！」

貓頭鷹拍拍翅膀飛到空中。「那麼，妳將會得到它。去吧，親愛的公主，別忘了撒下真理的種子，它將結出寧靜、愛與幸福的果實。」

　　「我希望我知道該怎麼做，唯一種過的只有玫瑰。」她說。

　　她提起她的旅行袋，看看路上有沒有坑洞、小石子、巨石或其他諸如此類的東西，然後沿著真理之路踏出充滿恐懼的第一步，接著第二步。她搖著頭對自己說：「真不敢相信我真的這麼做了。」

情緒之海

　　公主小心翼翼地走在灰塵瀰漫的崎嶇路上，隨著時間一分一秒過去，她的行李也變得越來越重。她的心思不斷地在想王子究竟出了什麼問題？是從什麼時候開始的？可能是由什麼引起的？誰該為此負責？還有，假如當初她說了不同的話或做出不同的事，情況會不會有所改變？她不斷將記憶倒帶重播，搜尋每個細節，期望能找到答案，直到她的頭隱隱作痛，但還是無法停止回想。

　　最後，她終於被一株年老、斷裂處呈鋸齒狀的樹樁給絆倒。樹樁的周圍長著一圈奄奄一息、看起來極度缺水的灌木叢。公主想到她微量的飲水正一點一滴地耗盡，她覺得不用多久，她也會變得像這些灌木一樣。

　　「或許在我們因路上的坑洞扭傷腳踝、被小石子絆倒，或是撞上巨石以前，我們就已經口渴而死。」維琪說。自從她們上路後，她就一直不斷地嘮嘮叨叨。

　　「哦，維琪，看在老天的分上！我現在最不需要的就是妳又出來跟我吵鬧不休。」

　　「是嗎？那我現在最不需要的就是獨自走在這一條漫天塵

沙、糟糕透頂、只長著一些奄奄一息灌木的路上，而且還不知道何去何從。」

維多利亞將手伸進旅行袋到處翻尋，好不容易才找到皇室地圖。她將銀色繫繩解開，小心翼翼地展開那看來易碎的羊皮紙。

「也許這個可以幫我們找到路。」她說。她一邊專心地看著地圖，一邊咬了一口她攜帶的餅乾。

「我唯一想找的路是回家的路，而且我們最好在王子愛上另一個公主以前趕快回去。」維琪脫口而出。

「如果真的那樣的話，我也沒辦法。」維多利亞雖然嘴上這麼說，她的心卻因這個想法而急遽跳動。

「可是妳一定要想辦法，不然他就要為她摘一束束美麗的玫瑰花，插在水晶花瓶裡，放滿皇宮各角落。而且他強壯的手臂將會緊緊抱著她，還有……」

「即使我們回家，他也不會那般對待我們，妳知道他不會的。」

「為什麼一切都不能像以前一樣？」維琪哀嘆。

「就是不能，如此而已。」

「可是她的手指將會觸摸他烏黑的頭髮——我們的王子的頭髮，而當她走進房間，他的臉就會突然明亮了起來，他眼神裡原本只屬於我們的光芒，將會開始為她閃耀不已。」維琪開

始呻吟：「我受不了，我受不了！求求妳，求求妳，我們必須馬上回家！」

維多利亞用手摀住耳朵，努力不去聽維琪的話，但是她還是聽見了，既宏亮又清晰。她心中浮現一幅清楚的圖像，她看到另一個公主正擁抱著王子，深愛著王子，她迷人、英俊、舉世無雙的王子。

「我不曉得該怎麼辦，維琪。我甚至不知道到底哪裡出了問題，我也不知道那是誰的錯，但是我知道我們不能回去。妳知道我們不可以的，知不知道？」

「可是沒有他我就活不下去，我活不下去了！」維琪尖叫。「感覺就好像有人砍斷了我的手和腳。」

「看妳說得那麼恐怖！」維多利亞回答，但隨後又輕輕加了一句：「不過卻是實話，醫生從沒告訴我們會是這樣子。」

就在此時，一團黑壓壓的烏雲遮住了太陽，整個世界瞬間黯淡下來。一股涼颼颼的風吹過，維多利亞打了一個寒顫，她完全沒預料到會有暴風雨。

「我們最好找個地方避雨。」維多利亞邊說邊將地圖塞回旅行袋，這時，雨滴開始落下。

「妳看，整個世界跟我們一樣悲傷。」維琪開始大哭起來。

維琪一哭，維多利亞也跟著哭了起來。雨下得越大，她們

哭得越厲害；她們哭得越厲害，雨就下得越大，似乎整個世界也跟著她們一起嚎啕大哭。

　　大量的雨水和淚水形成了許多水窪，開始只是小水窪，後來越變越大。雨水和淚水持續灌進水窪，最後變成一股激流，激流又漲成力量強勁的洪水，一路沖刷席捲陸地上不夠牢固的東西。公主哭得正傷心，根本不知道發生了什麼事，直到一股奔流的洪水將她沖倒，並且碰撞、拉扯她的身體。

　　「我怕水！」維琪尖叫起來。

　　「我知道，那就是為什麼我們從來不上游泳課。」維多利亞喊回去。

　　「妳早該強迫我去上！」

　　「沒時間講這些了！」維多利亞大叫。當她們漂流經過灌木叢時，她緊緊地抓住枝幹，儘管她使出渾身的力氣，還是抵抗不了水勢，讓洪水沖刷流走。

　　「維多利亞，當心！」可是太遲了，一大片汪洋迫近眼前。

　　「啊！我們會沉到海底！」

　　公主就這樣萬分驚恐、呼吸困難地落入了情緒之海，當她奮力掙扎浮上水面的同時，尖銳的石塊和樹枝的殘骸碎片在她四周冰冷的海水中打轉，一股強勁的暗流拉扯著她的腳，而彈子般大的雨滴此時仍然無情地打在她的臉上、頭上。

「我們一定會淹死的！」維琪滿嘴鹹水地喊著。「我希望王子能夠來救我們。」

公主不斷地踢水，呼叫救命。當她再一次地沉下海前，她瞥見遠處有個東西浮在水面上，但願她能游到那裡就好了。

當她浮上水面時，那東西還在那裡，那顯然是一艘船，正搖搖晃晃地朝她的方向漂過來。「救命！救救我！」她竭盡所能地大喊。無論是誰在船上，她希望他能夠有點救人的經驗，或許那是一個勇敢、迷人、英俊的王子，在他巡行途中遇見暴風雨，又或者那艘船是某個王國的皇家海軍艦艇。

她持續呼救，卻沒人回應。等到那艘船漂得更近一點時，她才知道為什麼，因為船上一個人都沒有，而且它比她原先想的小得多，那只是一艘小划艇。

當小划艇漂到她身邊時，她緊抓著船舷，使出全身的力氣想把自己拉上船去，但是她實在太虛弱了。她想，但願我能休息一分鐘，或許就能再一次集中力量。因此，她一開始先用一隻手緊緊握著，然後用另一隻手，壓低了一邊的船舷，用力一撐，終於把自己拉上船。她筋疲力盡、一動也不動地躺在搖晃的小艇上，身體下面還壓著兩支老舊的木頭划槳。

「呼，好險！我還以為我們一定會淹死呢。」維琪說。「現在怎麼辦？」

「等我恢復力氣之後，我們要將船划回陸地，不過在此之

前，我必須先找出陸地在哪個方向。」

公主費了好大的勁兒才坐了起來，她舉目望向北方，或者，那是南方？她納悶著，還是算了，只要能到達陸地，南方北方並沒有多大差別。但是她極目四望，卻只看到暗沉而湍急的水。

「這裡真是可怕極了。」維琪的聲音微微顫抖。

「不要怕，等我想辦法找出正確的方向，一切都不會有問題的。」

「一開始，妳想的辦法就把我們帶到這一團紊亂中，我要回家！」

「妳如果再不安靜下來，讓我好好想一想，我們可能都會死在這裡。」

「我早就告訴過妳，如果我們離開王子的話，我們會死掉。」維琪指責維多利亞。「妳就是不肯相信我，妳早該聽我的，維多利亞。」

「維琪，拜託妳！我現在沒時間跟妳說這些。」

「不公平！王國裡有那麼多王子，為什麼只有我們的會被下魔咒？」

「我一次只能思考一件事，維琪。」

「他承諾過要永遠永遠愛我們、疼我們的。早知道，我就應該要求他起誓說：『我發誓，否則甘心受罰、不得好死！』」

情緒之海

因為他違背了他的承諾！他真壞，他比壞還要可惡！搞到我們必須離家出走，這全都是他的錯。我恨他！他毀了我們的一生，毀了一切！我受不了，我受不了了！」維琪吼叫著，並整個人倒在船底拳打腳踢，直到她雙腿、雙手布滿瘀血，又抽搐不已。

「一切都不對勁，沒有一件事對勁，我們就要死在這裡了！不公平！」

「住手！妳聽見了嗎？住手！像妳這樣尖叫不休、敲敲打打，我根本無法好好思考！」

天色漸漸暗了，天空好像裂了一個大洞似的，不斷地傾倒下巨大的雨滴。大海像是釋放出所有的狂怒似地翻滾，小船也隨之劇烈地顛簸。公主緊抓著船舷，但是和暴風雨的狂怒相比，她和小船實在是太渺小了，她不斷地從船的一邊被無情地推擲到另一邊，有兩次甚至差點跌出船外。

「我要回家！」維琪在呼嘯的狂風中大喊。「誰來救救我們，求求你！醫生！誰來救我們脫離暴風雨，並且讓王子變得跟以前一樣好，帶我們回家。我會變得比以前更好，我……我會變得更完美無缺，我會做任何你要求我做的事；我保證，真的，我真的保證。我發誓，否則不得好死，不過你也看到了，我的手現在沒有空，沒有辦法邊畫十字邊發誓，而且現在似乎也不適合說死。」

船底開始滲水，公主狂亂地合掌將水舀出去，但是水位持續緩緩上升。

　　「這艘救生艇實在不怎麼樣。」維多利亞説。

　　「都是我的錯。」維琪大聲嚷嚷。「可能是之前我發狂時，用拳頭把船底捶破了一個洞。」

　　「我想不是的，維琪。這艘船太舊也太小了，不足以應付這種驟雨巨浪。」維多利亞一把抓起漂浮在逐漸上升的水面上的槳。「我們必須馬上離開這裡。」

　　「可是我們不知道正確的方向！」

　　「隨便哪裡都比這裡好。」維多利亞回答。她開始拚命划動船槳，但是水流不斷地將船打回原來的地方。

　　「快一點！我們必須在船沉沒以前離開這裡。」

　　「我正在努力！」維多利亞吼了回去。

　　當夜幕低垂，公主仍舊使勁地一上一下划著船，她的手臂疼痛不已，而船內的水已經升到船身一半的高度，維琪也越來越驚惶失措。

　　「我們會不會划錯了方向？或者無論我們朝哪一個方向划，都到達不了陸地？或者我們一直在兜圈子而不自知？或者……」

　　維多利亞一語不發地繼續划。到了早上，她的手臂已經變得虛軟無力，無法再划動一下了。她放下槳説：「恐怕我們將

公主向前走

隨著船一起沉下去了。」

「沒有關係了，反正我們也沒有生存的理由了，甚至連我們的行李都漂走了。」維琪說。

當船漸漸沉進水中時，維多利亞仍不斷動腦筋想辦法，但願她手上有什麼東西可以給其他船隻打信號。

「看來妳的麻煩已經高到妳的脖子了。」一個聲音在她旁邊響起。

「是的，正是如此，而且很快就要淹過頭頂了。」維多利亞毫不遲疑地回答。

「嗯，真聰明，而且恐怕一點也沒錯，除非妳做些事情救妳自己。」那聲音說道。

「救我自己？那就是我一直試著做的……嘿！妳是誰？妳在哪裡？」公主問道並四處張望。「救命！請救救我！」

突然間，一顆銀灰色的頭顱出現在水面上。「嗨，我在這裡。」那顆頭顱眨眨她的長睫毛，一時間，又令公主想起王子。「我是桃莉，海豚桃莉。妳好嗎？其實我可以很明顯看出妳現在一點都不好，不過至少妳還有兩支槳，比起我以前在這裡發現的其他人要好得多了。」

「一隻海豚！一隻會說話的海豚！我知道海豚彼此之間會談話，可是我不知道……妳是來救我的，正好在這千鈞一髮的時刻！真有趣，我還一直以為會是一位王子前來拯救我。」

情緒之海

「沒有人能夠拯救妳，親愛的。我不能，王子不能，任何人都不能，即使對一個非常具有理解力的人來說，這都是一個難以解釋的事實。」

「妳是說妳要眼睜睜看我淹死？」公主驚訝地問道。

「不，我是說妳要眼睜睜看妳自己淹死……不是這一次，就是下一次；除非妳學會游泳。」

「下一次？妳說『下一次』是什麼意思？」

「即使這一次我將妳馱在背上，帶妳逃離暴風圈，安全地將妳送到陸地上。但是下一次當妳再度被暴風雨襲擊——這不過是時間早晚的問題，妳將無可避免地再次陷入危難之中，因為在這條路上有很多暴風雨。」

「我正在想辦法不在這一次的暴風雨中滅頂。」維多利亞說。

「如同我告訴妳的，避免淹死的方法就是學會游泳。」

「但是維琪老是拒絕上游泳課。」

「那麼，妳將花一輩子的時間避免被溺斃，就像妳現在一樣，總是等待盼望一艘完美的救生艇前來解救妳。」

「沒錯！沒錯！那正是我們所需要的！」維琪衝口而出。「妳想妳可以幫我們找到一艘跑得很快的救生艇嗎？」

「即使我可以，這對妳們或許也沒什麼好處，救生艇沉沒是很常見的事。」桃莉說。

「救生艇是不應該沉的，它們應該是救人的！」維琪生氣地說。

「很多東西並不具備妳期待它們擁有的功能，例如救生艇就常常讓原本應該獲救的人淹死。」

「真的？」維多利亞問。

「是的。當妳第一眼發現妳的船時，不是認為它是來前來搭救妳的嗎？但結果竟是破舊狹小、搖搖晃晃還會漏水？」

「我想是吧。」維琪低聲含糊地說。

「而且，即使它正在下沉，並且很可能會將妳一起拖下去，妳還是死命地抓住船舷？」

「我想是吧。」維琪不高興地說。然後突然間，她又興高采烈起來。「我知道了，妳可以背負我們離開這裡，脫離暴風圈。妳是一隻海豚，而海豚都很會游泳，而且又聰明，我敢打賭妳一定知道陸地在哪裡。」

「我可以，但是我不願意。」

「為什麼？」

「因為如果你給一個人一條魚，他只能吃飽一天；如果你教他如何釣魚，他就可以一輩子不挨餓，這就是為什麼。」

「誰管什麼愚蠢的人和魚啊！」維琪失望地說。「在水位繼續升高以前，妳必須幫我們逃出這裡。

「我只能教妳們如何拯救自己。」

「拯救自己？我們該怎麼做呢？」維多利亞問。

「簡單的說，跳船！」海豚回答。

「那是什麼意思，維多利亞？」維琪問。

「意思是，從船上跳到海裡。」

「妳不明白！」維琪對著海豚大喊。「我們早就告訴過妳了，我們不會游泳！」

「不明白的人是妳，妳會游泳，妳只是選擇不去做罷了，我可以教妳如何游泳。」

「我們現在又凍又累，而且水流也太湍急了。如果我們現在才學的話，可能會淹死。」維琪説。

「如果妳們現在不開始學的話，一定會淹死。」

維琪開始尖叫並緊抓著船沿不放。「不，不要！我不要離開船！」

「妳可能會覺得自己好像快淹死，然而妳還是可以克服並生存下來，謹記這一點是很重要的。」桃莉説。

「現在不是謹記任何事情的時候。」維琪大吼著。

「有些人一直到快沉到海底才願意學如何救自己，有些人即使已經沉到底了，還不願意冒險一試。妳之所以開始這趟旅程，是為了不隨著一艘下沉的船沉到海底。妳確定妳願意隨著現在這艘船一起沉沒嗎？」桃莉説。

「我不知道妳在説什麼，我們之前又沒搭過別的船。」維

琪回答。

「桃莉指的是王子。從某方面而言，他就是那另一艘船。那也是我們第一次必須選擇要留下並隨之沉沒，或者離開並學會游泳。如果我們留在他身邊，很快的，我們一定會被自己的淚水淹死。同樣的，如果我們留在這艘船上，我們則會在海裡淹死，妳明白了嗎？」維多利亞説。

桃莉拍拍她的鰭。「沒錯，有時候妳必須放手，不再緊抓不放，並開始出發前進。我不想催妳，但是快沒時間了，我建議妳快做決定。」她説。

「讓我想一想。」維多利亞説道，並快速地在腦海中描繪出一張正負評量表，如果她可以將她的想法寫下來，她一定會覺得更舒服些。最後，她試著用可以説服維琪、桃莉以及她自己的鄭重語調宣布：「我們當時選擇了游泳，現在當然也選擇游泳。」

「非常好。」桃莉一邊説一邊游到船身旁邊，並稍稍抬起身軀，露出她小小的灰色的背。「爬到我背上，並握住我的背鰭。」

「如果我們放開船舷，我們會淹死的，我知道我們會淹死的。」維琪説。

「多年來，妳們甚至沒踏入水中一步，卻一直遭逢溺水。妳們太過於恐懼，甚至沒注意到豪雨已經變小了。生命並不附

帶保證書，要不，就冒個險，不然就是完全喪失機會。」桃莉
回答。

當公主半爬半漂地掙扎攀上海豚滑溜的背時，維琪又開始
大嚷：「小心，維多利亞！船在搖晃！」

「沒有錯，船會搖晃是放手與前進的自然結果。」桃莉向
她保證。

維琪緊抓著海豚的鰭，生氣地說：「我想妳不會馱我們離
開這裡吧，為了妳說過的人和釣魚的理由。」她跨坐在海豚身
上以免滑下來。

「我只是要示範正確的游泳技巧。很快就輪到妳們了！」
海豚毫不費力地在湍急的水中移動。

「我不趕時間。」維琪嘟嚷著。

「我們在妳背上真的覺得很安全，桃莉。」維多利亞說。

「唯一持久的安全感是確定妳自己可以照顧自己，現在妳
明白為什麼必須學會游泳了嗎？」桃莉說。

「是的，我明白了。」維多利亞回答。

「很好。對於一個在真理之路上旅行的人來說，大海能夠
教妳許多課題，因此，我建議妳用心學習。」

桃莉將速度降到幾乎靜止的狀態。「妳將學會如何與自然
力量和諧一致，而不是去掙扎對抗，放手吧，隨著水波漂流，
與之合而為一；將妳自己交給大海吧。」

「我們剛剛差一點就把自己交給大海了。」維琪説。

「我很高興妳還有一點幽默感，維琪。」桃莉很高興地
説。「幽默感有助於學習。現在，在妳學游泳之前，必須先學
漂浮；就好像在學跑步之前，必須先學走路。注意看我如何放
鬆、保持靜止、不必出一點力而讓海水托著我。現在面朝上平
躺在我背上，我會慢慢下沉，讓妳的身體接觸到水面。我就在
妳下方，所以妳不會沉下去的。」

「面朝上平躺？我們沒辦法做到的。」維琪説。

「不相信自己的能力只會讓妳退縮，並導致失敗。」桃莉
回答。

海豚慢慢地下沉至水裡，雖然公主試著遵循她的指示，但
是維琪卻極為驚惶；好幾次，桃莉必須浮上來，將公主托出水
面，一再地向她保證，並重複一次教練指示。雖然維琪十分害
怕，但是維多利亞卻十分堅決，儘管維琪一直採不合作態度，
她仍一次次地照桃莉所教導的練習。

「我無法放鬆，我就是不行。」維琪堅持。

「深吸一口氣，然後慢慢吐出，感覺妳的身心都慢了下
來，並鬆懈下來，隨波漂流。」

「但是我怎麼可能在這既嗆人又把我拉來扯去的海裡放
鬆？」

「面對狂亂的水流還能保持平靜的心境並不容易，但卻是

非常重要的課題。如果一個人平靜與否必須仰賴他是否處於平靜無波的海洋中，那麼他往往不能感覺平靜。而且專注於妳做得到的事情上，會比專注於妳做不到的事情上來得有幫助，現在開始緩緩地深呼吸……感覺妳的身心都慢了下來。」桃莉以沉穩的語調指導公主。

　　儘管桃莉的指導非常專業、有技巧，但是每一次當她滑入水底，讓公主感受一下水的浮力時，維琪就變得驚駭異常，並瘋狂揮舞雙臂，試著要站起來。一次又一次的，桃莉必須提醒她緩慢地深呼吸，溫言哄勸她放鬆身心，並專注於她做得到的事情，而非她做不到的事情上。

　　過了一會兒，維琪又叫著：「我再也沒力氣做這些動作了！」

　　「順其自然具有無比的力量，繼續試試。」

　　但維琪仍是害怕不已，並揮舞手臂試圖站起來。

　　「繼續做妳現在正在做的事，這會比較容易些，儘管它現在似乎不奏效。」桃莉有耐心地說。「記得深呼吸。」

　　「妳聽起來像我認識的一個人，妳聽過一隻叫做亨利‧赫伯特‧霍特的貓頭鷹嗎？」維多利亞說。

　　「我當然聽過，事實上，我和醫生經常一起工作，我們是好朋友。妳現在提起他，讓我想到他已經好一陣子沒來這裡了。」

「妳是說醫生會來這裡？我覺得很奇怪，為什麼當我們需要他的時候，他卻沒有出現？因為他似乎總是知道發生了什麼事。」

「他將關於海的事務留給我處理，我則將關於心的事務留給他處理。好了，現在我們必須回來專注我們手中的機會。」

「機會？什麼機會嘛。」維琪小聲嘀咕，心裡想桃莉聽起來像是她已經浪費太多時間討論醫生的事。

「海洋和生命是非常相似的，妳必須放鬆、放手。如果妳相信它會讓妳漂浮，那麼它就會讓妳漂浮。如果妳與之對抗，相信它會將妳吞沒，那麼它就會將妳吞沒，全在於妳自己的選擇。」桃莉接著說。

經過許多次嘗試，以及桃莉的一再保證，公主終於成功地漂浮在水面上。

「非常好！現在妳可以翻身，試著面朝下漂浮了。」桃莉說。

一開始，維琪對於將臉浸在水中感到非常緊張，但是公主很快學會絲毫不費力地面朝下漂浮，一如她的仰式漂浮。

「現在妳必須學習如何在水中前進。」桃莉很高興，說完便以最棒的姿勢示範。「注意看我動作之間的流暢性，不要抗爭，不要使蠻力，不要抓著我的鰭或尾巴。這是一個順暢、規律、調和的動作。」

維琪不肯動。

「我很想相信妳所説的水會支撐住我們，但每一次我光是想到移動，就覺得快要沉下去。」

「除非妳去做，否則妳永遠不會相信自己做得到，去做吧！妳會發現很多事情都是如此。」桃莉説。

公主按照桃莉的教導謹慎地將手臂抬到空中，但是她一下子失去平衡，維琪開始揮舞手腳，胡亂踢水。「結束了！我們已經盡力了，我們要放棄，對吧，維多利亞？」維琪説。

雖然既疲憊又灰心，但是維多利亞並不打算放棄，她聽見醫生的聲音在腦海中對她説話，就好像他在她身邊一樣。

「記得醫生是怎麼告訴我們的？他説：『一個人往往由於絕望而放棄，卻由於接受而臣服。』我們不可以放棄，只可以臣服；我們必須接受自己的恐懼，並且堅持下去，否則永遠學不會游泳。來吧，維琪，這是我們回到陸地的唯一方法。」

維琪終於同意維多利亞的話，公主的身體又源源不絕湧出力量，她慢慢地抬起一隻手臂，然後又抬起另一隻，交互劃出優雅的弧線切入水中。當她的手臂劃入水中後，海水又迅速密合，平滑如鏡，公主與大海已然合而為一。

「大自然對於那些遵守它簡單法則的人非常慷慨。」桃莉一邊觀察公主在水中的動作，一邊説：「但是對於那些破壞法則的人，卻十分無情。大自然對人們的要求很少，對於違背的

處罰卻極為嚴厲,當一個人與自然和諧相處時,生命便會順暢地流動,妳感覺到了嗎?」

「是的,是的,我感覺到了!」維琪興奮地大叫。

此時,毛毛雨漸漸停歇,太陽從烏雲縫中穿透照耀。

「看!彩虹!」維琪從手臂划動的縫隙之間朝上窺看天空。「真高興那些烏雲和討厭的雨都沒了。」

「雨和太陽同時作用才能產生彩虹,維琪,這是一個值得牢記的事實。」桃莉說。

公主停止划動,並抬起頭,輕輕踢著水。因為過於興奮,完全忘了她還不知道該朝哪裡去,她望望這邊,又望望另一邊。

「我在水裡看不見陸地。」維多利亞說,她覺得自己的鎮靜正在快速消逝。

「是不是就像置身在樹叢中便看不到整片森林?」維琪問道。

維多利亞笑了,「嘿,維琪,妳說話的語氣真像我。」她的視線又回到彩虹,她覺得彩虹是專為她而出現的,並試著思考她為何會有這種感覺,以及這感覺從何而來,然而卻是毫無頭緒。最後她的結論是,對一道彩虹懷有這樣的感覺是荒謬的。但那感覺卻持續著,最後,她告訴自己這可能只是她自己的想像,然而那感覺仍在那兒,揮之不去。

情緒之海

「請妳告訴我，我是否應該朝彩虹的方向游去？」她遲疑地問桃莉。

「對於妳早已了然於心的答案，何必多此一問呢？」

她驀然想起花園外山丘上的小樹吸引她前往的那一天，正是她急著找醫生的時候，現在，她則是急著找到陸地，這可不可能是某人試著告訴她什麼呢？

她再一次凝視彩虹，當她的眼睛停留在紅色的那一段光環時，她的心猛烈地跳動，那正是她最喜愛的玫瑰的顏色！

「這正是我要前往的方向。」她向桃莉宣告。

就在此刻，遠方出現一個小點……是陸地！維多利亞大吃一驚。「那是從哪冒出來的？它原本不在那裡的！」

「不，它原本就在那裡。」桃莉回答道。

「那麼為什麼我之前看不到？」

「因為恐懼與懷疑讓人對顯而易見的東西視而不見。」

「妳的意思是，它一直都在那裡，我之前之所以看不見，是因為我太過恐懼？」

「正是如此，而且，對於妳心中的答案，妳也充滿懷疑。」

「我不懂，醫生曾經說我之所以看不見真理之路，是因為我還沒準備好要去看，而妳卻說我之所以看不見陸地是因為我太驚恐，並且充滿了懷疑。所以，到底是還沒準備好，還是過

於恐懼、懷疑，使得人們看不見？」

「兩者皆是，當一個人充滿恐懼與懷疑時，他就尚未準備好。」

「我現在了解為什麼妳和醫生會成為好朋友了，你們具有許多共同點。」維多利亞說。

「妳會跟我們一起走嗎，桃莉？」維琪問。

海豚的頭在陽光下閃耀著，臉上充滿微笑與光采。「妳們必須自己上岸，我要留下來幫助下一個溺水掙扎的旅人。」

「我們會想念妳的，桃莉。」公主說。

「妳的回憶將永存心中。」桃莉眨眨她的睫毛說道：「我會永遠記得妳。」

於是她轉過身，揮揮尾巴道別，然後潛下水面，慢慢地消失了。

海洋一片寧靜，充滿希望，好像在歡迎公主到來。公主凝視著粼粼波光，心中無限欣喜，她知道她能夠靠自己的力量抵達堅實的陸地。她感到體內有股力量陡然升起，此刻，海浪輕柔地沖刷她的背脊，整個人就像沐浴在靜謐的感覺之中。

幻相之地

　　當公主醒來時，她感覺到她身體下溫暖而堅實的沙子。沙子從來沒有像現在一樣讓她感覺如此愉快，她將手插進沙堆中，然後抓起一把沙，感覺如此真實。很顯然的，她已安全上岸了。

　　她的思緒漂回上岸的那一刻，當時她看到陸地，還以為麻煩全過去了，但是到最後，游泳似乎成了一個耐力持久賽，當她一抵達防波堤時，也耗盡了最後一絲力氣，連手臂都無法再划動一下。她都已經游了這麼遠了，為什麼無法游完剩下的路程？恐懼開始在她心中湧現。

　　恐懼與懷疑讓人對顯而易見的東西視而不見，她記得桃莉曾這樣對她說過。顯而易見的東西……有沒有可能她讓恐懼與懷疑給遮蔽了，讓她看不見近在眼前的解決辦法？她疑惑著。

　　就在這時候，桃莉的另一個教誨回到她的腦海：面對狂亂的水流還能保持平靜的心境並不容易，但卻是非常重要的課題。特別是當狂流來自於自己內心時，公主想，那絕對是最糟的一種。她以前總相信她絕對無法自內心狂流中逃脫，但是她相信桃莉的智慧，她想到應該先做幾個深呼吸，讓自己冷靜，

然後放鬆，隨著潮浪漂流。當她這麼做時，潮浪便將她沖上了岸；然而她實在是筋疲力竭，動彈不得，很快就睡著了。

現在，她正呼吸著海邊特有的鹹鹹的冷空氣，聽著海浪規律地沖刷著沙岸。

「我還年輕，不能就此逐浪而去。」維琪開玩笑地說。

「妳快變成一個喜劇演員了。」維多利亞回她一句。突然間她又想起王子了，她是多麼想念他的機智與幽默，她是多麼想他，希望能親口告訴他她終於學會游泳了，他一定會為她感到驕傲，至少一開始會。她嘆了口氣，試著驅散這些思緒，然而對於王子的思念卻仍揮之不去。

突然間，五弦琴的樂聲在浪濤拍岸聲中響起，一個聲音唱著：

　　當妳見到一道可愛的彩虹，
　　仰望著那灰灰暗暗的天空，
　　那是上天賜與的禮物，
　　指引妳走上妳的道路。

「醫生！是醫生！」公主叫了起來，然後急忙坐起，只見貓頭鷹翩然降落在她身邊的沙丘上。

「妳好，公主。」

「你在這裡做什麼？」她問道，她很高興見到他。

「等妳啊，桃莉要我把這個交給妳，她想妳大概會想要。」他一邊回答一邊拿出一只飽經風吹雨打的旅行袋。

「我當然要！真不敢相信她居然找到了我的旅行袋。當我被風浪掃出船外落海時，它就失去了蹤影，我以為永遠找不回來了。」

公主急切地接過旅行袋，打開來。「所有的東西大概都毀了，不過我還是很高興能夠找回來，這裡頭有我在這世上最珍愛的東西。」她說。

她將手伸進袋子，取出上頭刻有她名字縮寫的寶貝玻璃鞋，鞋子仍好好地包裹在軟呢圍巾裡。她焦急地解開絲帶，取出玻璃鞋，翻來覆去地仔細檢查。「上頭甚至連一點裂痕都沒有！」

「桃莉看到這個袋子掛在一根海中浮木上飄動，知道那一定是妳的。裡頭的東西都已經乾了，應該也都完好如初，而妳也是，雖然妳經歷了這些，但是看起來還不錯。」

「我看起來一定比我實際的感受好得多。你告訴過我，當我開始學習關於真理的事，會覺得比較愉快，但你卻從未警告我，當我試著找尋真理時，有可能會淹死。」公主說。

「覺得快要淹死正是學習真理的良機。」

「真奇怪，你說的和桃莉差不多。」

「一點都不奇怪，在學習真理的路上會遇見許多老師。」醫生回答。

「還記得你曾告訴過我：真理是世上最精純、最有效的藥物嗎？你確定真是如此嗎？」

「是的，公主，我確定。怎麼了？妳開始懷疑它的療效嗎？」

「我已經學到不少東西，只不過那並不如我原先所想的有效。我內心還是常常會顫抖，胃依然絞痛，而胸口仍然感覺透不過氣來。」

「妳還記得處方籤上是怎麼說的嗎？重讀一次處方籤或許對妳有幫助。」

「不需要，我記得上頭的每一個字：『真理是最佳良藥，服用越多越好，越常服用越好。』但是我已經服用許多了。我從不知道真理是如此地難以服用，但有時候我又覺得似乎已經長時間服用許多真理了。」

「我從未說過服用真理是快速或簡易的，只有像現在這樣，它才會發揮效用。」醫生臉部的線條因微笑而顯得柔和。「不要失去勇氣，公主。妳的進展極為顯著，雖然妳自己可能尚未察覺到。」

他將五弦琴及草帽放回他的黑袋子裡。「喔，我差點忘了。」他取出一個小小的包裹，裡面裝滿了種子、堅果以及綠

色、紅色、黃色的蔬菜水果。「我想，妳或許會想要這個。」

「謝謝你，看起來很可口的樣子。」

醫生將包裹交給公主，然後將袋子的拉鍊拉上。「不用客氣。我現在必須走了，還有病人正等著我。」他愉悅地說。「啊，那正是妳所需要的——耐心與等待。」（patient，即英文中的病人，也有耐心之意。）

「最近每個人都變成喜劇演員了。」公主低聲喃喃道，關於王子的回憶又開始在她心中翻騰。

「妳也最好開始動身了，妳還有好長一段路要走。我會再回來找妳，看妳做得如何。」醫生一邊說，一邊緩緩飛上天空。

「等一下，醫生。我甚至不知道我現在置身何處，我又怎能回到真理之……」

然而貓頭鷹已經飛遠了，公主只能透過陣陣濤聲隱約聽到他的回答：「妳還在真理之路上，記住，跟著妳的心走。」

「我寧可跟著地圖走。」她嘟嚷著，對於醫生竟不告訴她往哪兒走，心裡覺得很失望，她以為醫生至少會幫她決定方向。

「地圖，」她自言自語。「如果……哦，對了！皇家地圖！」她一把抓起旅行袋，拚命翻找，直到發現那羊皮紙卷軸，她一邊將它取出，一邊心中暗暗祈禱地圖上的字跡不要被

海水沖刷模糊了。她解開銀線，展開地圖，發現上頭的字跡依舊清晰可辨。她鬆了一口氣，開始專心地研究地圖，終於找到一條路。她從醫生給她的食物包裹中取出一顆小青蘋果，然後把其餘的東西全塞進旅行袋中，再把地圖放在最上方。她很快地吃完酸澀的青蘋果，拿起袋子，向軟綿綿的沙灘出發。

每走一步，公主的腳踝就陷進柔軟的沙堆中，使得她舉步維艱，必須花費極大的力氣行走。她經常停下來休息，並參考皇家地圖的指示，絕對不冒一丁點兒的險，以避免迷失方向。

在途中，維琪一下子十分擾人，一下子又十分可人。她常常會沮喪，又哭鬧不停；常常又在維多利亞研究地圖找路時，或是費心思索她們的童話故事出了什麼差錯的時候，不停歇地抱怨維多利亞不注意聽她說話。雖然如此，維多利亞仍慶幸維琪陪在身旁，如果沒有她，這將是趟令人難以忍受的孤獨旅程。

公主蹣跚地前進，海浪的聲音和空氣中鹹鹹的味道逐漸淡去。腳下的沙子逐漸變成砂礫，又逐漸變成小鵝卵石，在她腳底滾動，因此每一步都需要更小心地走。

「醫生曾告訴我們，在真理之路上會有很多小石頭，但是他卻沒告訴我們該怎麼辦。」維多利亞一邊說一邊試著保持平衡。

「如果這條路上充滿了沒完沒了的小石頭，我們永遠哪裡

也去不了。」維琪又發起牢騷。

啊！永遠，她和王子曾發誓要永遠相愛。

「很少有什麼能永遠持續，維琪。」很少，她悲哀地想著，只有不知到底哪裡出了差錯的疑惑會永遠纏著她，另外還有自責、罪惡感、挫折感、憤怒、空虛、對他的思念，以及對她深愛的童話故事之死的悲悼。

「我們究竟為了什麼而離家出走？我一直想不起來。」維琪問。

「妳怎麼可能忘了這種事呢？」

「很簡單啊。每次我一想到王子，我只記得他是多麼正派、甜蜜、善良、美好，而且我想念他的……」

「那麼他暴躁、尖刻、殘酷、壞的那一面呢？」

「我就是想不起來那個部分。」

維多利亞嘆了一口氣。「我不知道，維琪。或許再過一段時間，妳會比較容易記得。」她清除一小塊空地上的小石頭，以便躺下。

「已經很久了。」

「我知道。」維多利亞睡意濃濃地回答，然後蜷起身子，把頭枕在臂彎上。「天黑了，睡吧。」

聽從心的指引

第二天早上，公主再次出發繼續她的旅程。不久之後，她來到一條布滿砂石的叉路，她停下腳步看看左邊那一條，那條小徑又長又直，懶懶地向前延展，直到消失隱沒在遠處的山後；還不算太壞，她心想。然後她又看看右邊那一條，那條小徑則是既陡峭又狹窄，既迂迴又布滿石礫、大坑洞和茂密的灌木和大樹。突然間，一股排山倒海的感覺朝公主襲來，她感覺這條小徑正在召喚她。哦，不要！她想，不要是這條路！

但是那小徑和它上面的石頭、灌木以及大樹似乎都在呼喚她的名字，為什麼？她想不通，為什麼她強烈地感覺到必須選兩條路中顯然較艱難的那一條呢？這一點都不合理，然而，這感覺還在。她告訴自己這感覺是荒謬無稽的，但是，感覺仍持續著。她說服自己她並不真正感覺如此，這不過是她的想像。可是，那感覺仍繼續抓著她不放。

公主不想冒任何險，於是她打開旅行袋拿出皇家地圖，知道自己能夠仰賴地圖為她指引方向，公主覺得好多了，畢竟，她好幾代的皇室祖先們都曾仰賴它的指引，她歪著頭隨著手指的動作在地圖上找尋正確的路。

「左邊，我們走左邊。」她向自己宣布，然後捲起地圖塞回袋子。「感謝老天！」

走了沒多久，公主注意到，雖然這條路看起來是水平的，

公主向前走

但她卻感覺自己在走下坡。真奇怪，她心想。然而更奇怪的是，她明明看到前面有一條小溪流，於是急急趕路，想汲取一點新鮮的山泉水，等她走近時，卻怎麼也找不到小溪的蹤跡。這時，她似乎可以聽到皇后的聲音：「維多利亞，現在妳必須學習分辨真假，否則別人會開始說閒話的。」

她走了又走，想了又想，還是不明白這條小徑到底怎麼一回事，如同她始終不明白王子到底是怎麼了。

突然間，公主不偏不倚地撞上一顆大石頭，石頭極為醒目地座落於路中央。她可以發誓那石頭原本不在那兒的，直到它撞上她……還是，她撞上它？她不確定。然而此時，有太多事她不能確定了。

她在小徑上走得越久，天空變得越陰霾。自從她離開海岸邊後，她已忘了經歷過幾次日出日落，也不太清楚自己走過什麼地方，或要到哪裡去。因為她實際上走的地帶似乎與地圖上的不符，她也不敢確定不知道自己身處何方是不是就算迷路。

一陣輕霧降臨小徑，也帶來刺骨的寒風，她的胃一如往常地翻攪起來，她似乎可以聽見躲藏先生的聲音在她腦中轟然響起：「一陣涼風吹來就能讓妳生病。是啊，妳讓我嚇得發抖了，公主。」

如果在這個地方病了可就糟了，因為不會有笑咯咯博士為她帶來雞湯，她想著，突然感到十分沮喪。霧越來越濃了，公

主覺得自己好像就要溺斃在霧裡了。

　　「我或許會在陸地上溺斃，沒有人會相信的。」她喃喃自語。

　　「感覺自己快溺斃往往是一種恩賜。」一個聲音在霧中響起，「桃莉沒有告訴妳這個嗎？」

　　「誰在說話？」

　　「誰？誰？是我。」那聲音回答。

　　「醫生！你嚇到我了！」

　　「妳不需要別人嚇，公主，妳自己已經把自己嚇壞了。」

　　「桃莉曾教我如何不恐懼，但是有時候我似乎就是沒辦法不害怕。」

　　「積習本難除。」

　　「真的？」

　　「當然，需要不斷練習才能除去積習，改變成新的習慣。」

　　「你真幸運，醫生。我敢打賭你已經不再需要任何練習。」

　　「這與幸運無關，我的醫學訓練不也是練習？總有新課程需要學習。」

　　「你是說我永遠都無法完成？」公主問道。一想到苦難永遠不會結束，她立即感到十分苦惱。

「當妳學得越多，妳的旅程就越容易，然後也會更有趣。」

公主覺得受到鼓勵。「你說感覺自己快溺斃往往是一種恩賜，這又是什麼意思呢？」她渴望盡可能地快快學習。

「在情緒之海中，不正是立即的溺斃威脅使得維琪終於願意學游泳嗎？」

「沒錯。」

「學習真理的恩賜往往隨著挑戰而來。」

「我已經太厭倦挑戰了，這條小徑一點都不像表面上看起來的樣子。我看見不存在的東西，卻看不見原本一直在那裡的東西，我都被搞糊塗了。」

「我想，從現在開始，妳必須習慣事物並不就是表面上看起來的樣子。」

「這是什麼意思？」

「在幻相之地，人們往往看不見事物原本的面貌。」

「幻相之地！結果我來到這裡？」

「結果妳根本哪裡也還沒到！至於妳為何在這裡，其實這正是妳待了大半輩子的地方。」

「你是說，這些年來我一直在霧中徘徊而不自知？」

「正是。在幻相之地，每個人都在霧中徘徊，其實這跟霧沒有什麼關係，在這裡，即使是好天氣，人們還是看不見眼前

的東西。」

「難怪我大部分的時間都搞不清楚究竟發生了什麼事，我究竟是如何來到幻相之地的？」

「因為妳使用他人的地圖，無論是任何形式。」

「可是已經有無數代的皇室祖先用過這張地圖，我當然也可以。」公主一邊說一邊從旅行袋中抽出皇室地圖，高高舉起。

「每個人的旅程是不同的，某個人的正確道路對另一個人而言則未必正確，只有自己的心知道正確的路。當花園外山丘上的樹吸引了妳的時候，妳聽從妳的心，所以妳找到了我。當彩虹召喚妳時，妳聽從妳的心，所以彩虹指引了妳海岸的方向。但是當妳面對叉路時，妳不聽聽妳的心，反而依賴其他人的想法為妳指路，那正是人們會迷失的原因。」

「你在這裡，所以我並不算真正迷失。」公主試探地說。

「正好相反，妳完完全全迷失了，無論誰在這裡都一樣。」

公主突然明白了醫生話中的真理，她回想起自己過去的迷失，即使國王、皇后或王子在她身邊，也無法改變她迷失的事實。

「所以現在我該怎麼辦呢？回到道路的分叉點嗎？」她問。

「不需要，公主。許多道路都通往同一座山。」一眨眼間，他張開翅膀，消失在他來時的迷霧中。

　　沒有地圖可以依靠的公主雖然很緊張，還是繼續沿著蜿蜒曲折的小徑前進，走過幻相之地。霧越來越濃密了，差點害她錯過一個木頭路標，她趨前看清楚，心中暗自希望那不是另一個幻相。路標上一個指向前方的手指，旁邊用黑色的大字寫著：

　　迷失旅人營地

迷失旅人營地

　　烏雲高掛，空氣中瀰漫著霧氣，整個營地幽暗而潮濕，不少帳篷、小木屋，還有一些休閒車屋散布其間。人們三五成群聚在一起，無視周圍跑跳嬉鬧的松鼠和兔子，當公主到達時，人群發出嗡嗡的歡迎聲。

　　營地入口處座落著一棟有閣樓的小木屋，門上方懸著一個手工刻的招牌，上頭寫著：

營地辦公室暨服務處

　　公主走上門前的階梯，拉開紗門，門的鉸鏈發出刺耳的軋軋聲，裡頭有一個肌肉結實的男人，穿了件綠色及勃根地酒紅色相間的法蘭絨格子襯衫，翹著腳坐在桌上，手中正削著一塊木頭。

　　「嗨，妳好。」他熱情地打招呼，並沒停下手上的動作。「我是威利‧勃根地。」

　　「很高興認識你。」公主回答。她發現那男人姓勃根地，又穿著一件勃根地酒紅色的襯衫，實在很有趣。

「你在削什麼？」

「我正在做哨子，主要是給工人用的。」

「真的？」

「是啊，他們喜歡一邊工作一邊吹哨子，而我則喜歡一邊工作一邊削木頭。所以他們都叫我削木手威利。」他一邊說一邊又用刀子削了長長一刀。「在這美好的一天，妳有何指教？」

「我不知該從何說起。」公主放下她的旅行袋，心想威利忙著削木頭，可能都沒時間注意到外頭有多荒涼、多沉寂吧。「我在真理之路上旅行，轉錯了一個彎，又發現地圖一點都沒有用……嗯，這實在是說來話長，但是一位朋友告訴我說我不必掉頭，於是我走著走著就來到這兒了。」

「這就說得通了。」威利以一種自滿的語氣說。

「說得通什麼？」

「當然是妳為何來到這裡的原因，很多人之所以迷路就是因為他們按照別人的地圖走，結果，最後大多來到這裡。」

公主並不希望她的旅程終止於營地，然後她又想到醫生曾說，沒有人會在任何地方終止旅程。不過基於禮貌，她並未向威利提起醫生的話。

「我已經跋涉很長一段時間了，而我現在並不確定是否已經到了我該到的地方。」

「我有一個朋友曾經告訴我：『你現在所在之處就是你應該抵達之處。』他就是這麼說的。」威利將刀子摺疊起來，連同那塊木頭一起塞進襯衫口袋裡。「這裡的住所相當不錯，我等會兒會帶妳去看。不過，我得先生個火。」他站了起來。

「謝謝你，但我不打算留下來，我要繼續趕路，尋找真理和一個殿堂……」

「欸，是啊，其他人也是追尋同樣的東西，但是大部分人都決定待在這裡……至少待一陣子，很多人也就此留下不走了。」

「他們為什麼這麼做呢？」公主問。

「幻相之地是個相當誘人的地方，希望妳不要介意我的用語，姑娘。在這裡，人們只看他們自己選擇要看的東西。」

「在我來的途中，我走的那條小徑看起來是平的，事實上卻是下坡路；我還看到一條實際上並不存在的小溪。你認為我是不是只看到我想看的？」

「沒錯，這種事常發生。」

「我猜，是大霧使得人們看不清實際發生的事。」她心裡疑惑自己是否真正了解自己。隨即她又想起醫生說過，在這裡，不論有沒有霧，人們總是看不清。

「大霧倒沒什麼關係。」威利說。「真正重要的東西是非肉眼所能及的，不過可以確定的是，這裡的霧並不只飄在空

中。」

「什麼意思？」

「這裡的人們腦袋裡也是有點霧茫茫的，妳知道的，他們總是在心中交戰，想要分辨出什麼是真實的，什麼不是。當然了，他們只是在浪費時間，因為在幻相之地，沒有人確切知道什麼是真實的。」

「聽起來讓人十分迷惑。」

「沒錯，這裡的人都十分迷惑，不只是人，這裡有些兔子甚至害怕跳躍，有些鳥兒害怕歌唱。」

「為什麼？」公主問。她覺得這真是難以置信。

「因為牠們認為自己不夠好。」

「為什麼牠們會這麼想？」

「因為牠們拿自己跟其他同類比較，總是有其他兔子跳得比牠們高，或其他鳥兒唱得比牠們甜美，妳懂嗎？」

「可是那太可笑了！如果一隻兔子跳得沒有其他兔子來得高，或者一隻鳥唱得跟其他鳥兒不同，那又有什麼差別？……」又或者如果我不能像其他人一樣拉滿弓弦，這個想法突然間在公主腦中冒出；接著她回想起一生中有多少次不敢做某些事，只因為她認為她做得不夠好。

「當然沒有差別！也有人勸過牠們，但牠們就是不信。然後那些小鳥和小兔子開始生自己母親的氣，怪母親和全世界沒

把牠們生得好一點。」威利説。

「可憐的小東西。」公主説。她太了解牠們的感受了。

「我還沒説到一半呢，姑娘。我們這裡還有嫌自己的殼太大太厚的烏龜，牠們覺得自己的厚殼阻礙牠們做很多事。」

「但是烏龜本就應該有殼啊。」

「妳自己去跟牠們説吧，牠們不會有興趣聽的，牠們整天躲起來生悶氣，不希望別人看見牠們。」

公主為這些小動物感到難過，她想不通為什麼牠們不明白，自己承受了多麼無謂的痛苦，當然，對她過去也從不知道自己在承受多麼無謂的痛苦，同樣感到疑惑。

「還不只這些呢！這裡有很多毛毛蟲總是想把自己的臉藏起來，因為牠們覺得自己很醜，牠們完全不知道在牠們身體深處藏著美麗的蝴蝶；當牠們終於羽化成蝶，還是有些蝴蝶在自己的水中倒影中，看見以前那個醜陋的毛毛蟲盯著自己。有些蝴蝶則早就忘了自己曾經是毛毛蟲，而目空一切。妳知道我是什麼意思，跟牠們根本沒什麼好談的。」威利説。

公主一想到那些自覺自己是毛毛蟲的蝴蝶時，就想起小時候曾覺得自己就像一隻蝴蝶一般，既美麗又自由。但不知為什麼，隨著年齡增長，每一次只要照著鏡子，就會覺得自己像一隻毛毛蟲？

威利的聲音將她的思緒帶回現實，他正説到一棵不好意思

結果實的蘋果樹。

「為什麼會這樣呢？」她問。

「因為它周遭的樹結的全是梨子，蘋果樹認為自己長錯果實了。」

突然間，公主似乎可以看到國王憤怒的手指在她面前揮舞，她似乎也聽到他對著她咆哮：「妳太脆弱，太敏感了，維多利亞！妳連自己的影子都怕得不得了，成天做白日夢。妳是怎麼了？妳為什麼就不能像別的皇家小孩！」

然而，那不過就是她原本的面貌罷了，有沒有可能她就是應該以這原本的面貌生活？維多利亞想起第一次可憐的小維琪低聲喃喃說道：「我就是我，我就是不夠好。」她覺得非常難過。當時，她怎麼可以對維琪吼，讓她哭泣，還把她鎖在衣櫃裡，只因為這個可憐的孩子忠實地做她自己？

維多利亞覺得自己的喉嚨好像哽了一塊大疙瘩，她的胸口發悶。「哦，維琪，真的很對不起，我不知道，我不了解……哦，我到底對妳做了什麼？」維多利亞無聲地說。

就在此刻，公主聽到辦公室門外傳來：「嘓，嘓，嘓」的聲音，她好奇地將頭探出門外，想看個究竟。只見濃霧中，一個身影漸漸顯現，天啊，她簡直不敢相信她的眼睛，雖然在這裡，眼見不能為憑並不稀奇，她看見一個男人正四腳著地跳著。

「他到底在幹嘛？」公主一邊問，一邊往門外走一步，想要看得更清楚。

「喔，他不過是一個自以為是青蛙的王子。」威利信步走向門廊，若無其事地說。「如果妳覺得這很奇怪，那麼妳該看看那一隻穿著皇袍、戴著皇冠，四處昂首闊步，自以為是王子的青蛙。我早告訴過妳，這裡的人們都很困惑，甚至連花朵都很困惑哩。」

「花朵？花朵怎麼會困惑？」

「很簡單啊，它們覺得有罪惡感。」

「花朵有什麼好感到罪惡感？」

「因為它們吸收陽光、占了空間、從泥土中吸取所需養分，所以有罪惡感。」

「為什麼它們會為這種事感到罪惡感？」

「因為它們覺得自己不配。」

「難道它們不知道自己是多麼美麗芬芳？給別人帶來多少歡愉？我永遠不會忘記在玫瑰花園度過的美好時光。」

「花兒並不明白自己的價值。」

不是只有它們不明白自己的價值，公主心想。她環顧四周的人群，說：「我很想留下來，看看這裡到底是怎麼回事，但是我真的必須回去尋找真理。」

「這裡就有大把大把的真理。」

「這裡？這裡的人甚至連真理是什麼都不知道！」

「這就是重點，姑娘。在非真理之中，妳反而可以發現許多真理。來吧，我帶妳到處走走。」

公主不確定自己是否該留下來，然後她又想起威利轉述朋友的話説：「你現在所在之處就是你應該抵達之處。」這或許有點道理，她想；於是走進門內，拿起旅行袋。

「在這裡，妳找不到什麼快樂的居民……雖然有些人認為自己有時候是快樂的。」他説著並引領她走下階梯。

走了不一會兒，他們來到一個大水坑，水坑旁長了棵無精打采的樹，樹下站著一隻猴子。

「讓我救救你，否則你會淹死的。」猴子一邊説，一邊從水中撈起一隻魚，然後小心翼翼地將它放在樹幹上。

「他在幹什麼？他會把那隻魚害死的！」公主驚呼。

「他以為他在救牠。」威利回答。

「我們不能做什麼來阻止他嗎？」

「不需要，這裡的魚已經知道在被猴子救的時候，該做些什麼。」

「你是説這種事情常發生？」

「沒錯，不只這樣，還有更糟的。如果妳認為猴子救魚很荒謬，那麼妳該瞧瞧人是怎麼救人的。」

「這種事我早就知道了。」公主説。她回想起過去那一段

時間，曾經如何挖空心思，卻盡以王子視為多餘的方式來幫助他。

接著，公主和威利看到那隻魚在枝幹上擺動身體，再次優雅地滑入水中游走了。

「我現在知道，你說魚知道該怎麼做的意思了。」公主咯咯笑著說。

倆人繼續繞著水坑走，看見前方有一個戴著漁夫帽的男人，一動也不動地坐在一塊木頭上。

「他怎麼了？」公主問。

「我也不很清楚，好像是因為有一天他無法決定該用哪一根釣魚竿，他問過路行人，有些人告訴他應該用這一根，也有些人說他應該用另一根，然後他也無法決定應該用假餌或是新鮮的餌，以及應該坐在水坑的哪一邊。他問其他人的意見，有些人說坐這裡；有些人說坐那裡；也有些人說他們不知道或不在乎；更有些人說他們既不知道也不在乎。他開始焦慮不安，不斷來來回回地踱步。」

「然後，他到處問人：『水坑中是否真的有魚？』妳知道的，在幻相之地，沒有什麼是確定的。有些人很肯定地說水坑裡有魚，有些人則說一定沒有；最後，他再也不發問了。接下來發生的事情妳也知道了，他就這樣釘在木頭上，從那時候起，再也沒有人見過他動一下，我猜他唯一能夠決定的是——

不再做任何決定。」

「有沒有人問過他，為什麼他認為別人比他懂得多？」公主問道。她覺得類似的情節似乎也曾發生在自己身上。

「有啊，我們問他為什就是無法做決定，他說他實在很怕做出錯誤的決定。」

「即使做錯決定又怎樣呢？難道地球會因為他選黑色而不是棕色釣魚竿，或者決定用假餌捨魚餌，結果釣不到魚，就停止轉動嗎？」她為這個男人感到難過。

回憶如潮水湧上公主心頭，她太了解這種感覺了，因為在她過去大半生中，也曾到處尋求他人的答案，當她自己必須做選擇時，便惶惶不可終日，害怕自己可能犯錯。

「他看起來像座雕像，而不像個活人。」公主說。

「喔，他可是個會呼吸、活生生的人呢！如果妳走近一點，就可以看到他在冷空氣中呼出的白煙。」

「雖然他會呼吸，但他可不是個活生生的人！他一定很不快樂。」公主說。她心裡覺得很難過，不只為她面前這個孤獨的人，也為她自己。當她看著這個雕像般的男人時，回想起過去那段日子的悲慘、迷亂與絕望，讓她鎮日躺在床上，動也不想動。

「這裡還有許多不快樂的人，也不比他好到哪兒去。他們不知道自己是誰，在這裡做什麼，成天渾渾噩噩，老是擔心這

擔心那，一件接著一件地做著瘋狂的事，還要為自己找理由。不過他們永遠不會如願，因為在幻相之地，許多事都是不合常理的，所以這裡才會叫做幻相之地。」

此時，一個戴著白手套、穿著黑色晚禮服、短褲，腰帶上掛著一串黃銅鑰匙的矮小僕役走了過來。他向公主行個禮並恭恭敬敬遞上一個白色信封，彷彿那是最珍貴的寶石，信封上則用古典字體寫著：「特別敬邀」。

「這是什麼？」公主抬起頭問，但僕役已經走遠了。公主拆開信封，抽出裡面的卡片閱讀。

「恐怕不是妳想的那樣。」威利說道。

「真巧！」公主高興地喊，完全沒注意到威利的評論。「我們被邀請去參加一場盛宴，而我又正好餓壞了！」

「聽起來，妳似乎最近都沒有好好餵自己，我打賭，妳一定很久沒吃飽了，對不對？」

「我怎麼會有空呢？一開始，我只忙著不讓自己被淹死，然後……」

「當一個人溺水時，會需要比平常更多的力量。」威利像是引述名言般地說著。

「我猜這又是你朋友告訴你的，是嗎？」

「對啊，妳怎麼知道？」

公主微笑不語。

威利一邊帶路，一邊再次警告公主這筵席並不會如她預期一般，但是當他們一到達宴會場所，公主還是忍不住興奮起來。一群熱切期盼的與會者圍繞著鋪有白色桌巾的長宴會桌，而當一隊穿著禮服、戴著手套的矮小侍者端著銀托盤出現時，人群中響起一陣歡欣的低語。

　　「這群可愛的小人兒是誰？」當僕役們走向宴會桌時，公主低聲問威利。

　　「他們是邪惡妖精，可是這些人都以為他們是善良精靈。」

　　她飢渴地看著細緻的瓷盤、鑲著金邊的水晶高腳杯，心想上頭不知裝了什麼樣的食物。她湊上前去看其中一位賓客的盤子，然後又看看旁邊的盤子。

　　「怎麼搞的？盤子上根本沒有任何食物！」她驚訝不已，卻又看到一個個瘦得像鉛筆一樣的賓客，不斷地將空叉子舉到嘴邊，細細地咀嚼，彼此快樂地談天。「還有，那些人都好瘦啊！」

　　「沒錯，他們都已經快餓死了，但他們卻不知道，也不想聽別人的勸告。」

　　「我實在不明白，為什麼他們願意留下來，並忍受這一切？」

　　「看看下頭。」威利掀開桌巾一角，露出桌腳下一雙雙被

174

公主向前走

鐵鍊栓住的腳踝。

真是令人難以置信。「他們被栓在這裡？為什麼他們看起來還這麼快樂？」

「他們看不見栓著他們的鐵鍊，也就看不見脫解的鑰匙。而且他們深信這份美味的餐點是妖精對他們的回報——報答他們為妖精社會所做的貢獻，所以他們為這些小東西做再多都是應該的。」

侍者繼續來回穿梭，以優雅的姿勢送上空盤子，身上的鑰匙來回擺盪。

「可是，事情怎麼會變成這樣？」公主很沮喪地問道。

「我也問過我朋友同樣的問題，我還記得他是這麼回答的：『當一個人極度飢渴，卻又不知道這種空虛感的真正根源時，幻相便主宰了他，他於是成為奴隸。』」

公主一邊思考威利的話，一邊繼續觀看這不可思議的景象，她自己也是幻相的奴隸嗎？她懷疑。她的空虛是否誤導了她，使她深信王子是個善良精靈，而事實上他卻是個邪惡妖精？

「這裡有許多人不斷想填補他們的空虛。」威利一邊說一邊領她走向不遠處的人群。

在那兒，男男女女、老老少少的旅人們圍成一個圓圈坐在一片尖銳粗礪的岩床上，一個放置在平臺上的金湯盤如偶像般

地立在圓圈中央，裡頭擺滿了漿果。一些人正大把大把地舀取湯盤中的漿果，另一些人則已在一旁津津有味地吃了起來。

「旁邊有一大片柔軟的草地，為什麼這些人卻選擇坐在凹凸不平的岩床上？」公主指著旁邊看起來顯然較舒適的草地問道。

「他們認為所有地方都是粗礪而凹凸不平的，這也是他們吃那些漿果的原因之一。」

「看起來很好吃的樣子，你想他們會介意分我吃一點嗎？」

「妳最好離那些漿果遠一點，姑娘。那漿果使得人們對許多事物麻木不仁，還不只是對於那片岩床而已。」

「你是說……」

「這些傢伙成天除了吃漿果和茫然地瞪著天空外，什麼也不做，比方說那邊那兩個。」他把頭朝兩個年輕人的方向比了比，那兩個年輕人在岩石堆上盤腿而坐。「看到他們眼中那種遙遠空洞的眼神了嗎？我知道他們早已迷失了，因為我曾問過其中一個，他們還以為自己置身於美麗沙灘上。」

他接著說：「還有，看看那些愁眉苦臉的傢伙，他們正在擔心漿果快吃完了，腦子裡除了想著要如何取得更多漿果外，再也裝不下其他。很快的，他們會跳起來，瘋狂地四處搜尋。他們想找的一定不只是漿果而已。」

「那麼，你認為他們真正想找的東西是什麼？」公主問道，心中隱約感覺到自己其實知道答案。

「我猜如何不再受傷是其中之一，每天被尖銳的岩石刺傷雙腳和屁股一定很痛。」

公主突覺一陣感傷襲上心頭。「一點都沒錯，日復一日地受傷的確會讓人做出奇怪的事，並且感到空虛難耐。」

在那一瞬間，公主突然領略到，是她心中潛伏的巨大空虛感驅使她飲下一瓶又一瓶的鎮定劑，並讓她日復一日在百貨公司瘋狂採購。她看著周圍的人們，心裡為他們感到難過，她知道大啖漿果並不能填補他們的空虛，正如同鎮靜劑與瘋狂血拚無法填滿她的空虛一樣。

當威利與公主離開岩床時，他搖搖頭說：「真令人難過，他們正在浪費生命，我告訴妳，真是丟臉。」

「是啊，真是丟臉。」她重複威利的話，深深覺得自己早已哭夠了，也丟夠臉了。想到這裡，她也因為好一段時間沒吃東西，覺得快要餓死了。

「附近有什麼可以讓我充充飢？」公主問道。

「在幻相之地沒有多少東西可以充飢，不過這個或許可以派上用場。」威利帶領公主來到一顆樹旁，樹上掛著幾顆飽滿的柳橙，他伸手摘下一顆柳橙遞給公主。

她把旅行袋擺在身邊，靠著樹幹坐了下來，用手指剝下一

片，香味刺激了她的唾液分泌。「這裡的每一個人都不快樂嗎？」她一邊問，一邊急急地咬了一口多汁的果肉。

「有些人會告訴妳他們很快樂，至少他們自以為如此，或至少有時候他們的確很快樂。也有許多人認為這兒的一切事物非常棒、非常美。妳可以輕易地從他們戴的玫瑰色鏡片認出這群人來。」

威利將手伸進口袋，掏出小刀和木頭，開始削了起來。

「滑稽的玩意兒，我是說那些鏡片。」他瞄她一眼說道。「那些人戴著玫瑰色鏡片，逢人便說世事多麼美好，然而大部分時間他們卻都皺著眉頭。如果你問他們為什麼老是皺眉頭，他們會說你瘋了，他們才沒有皺眉頭，萬事萬物是如此美好，他們怎麼可能會不高興地皺眉呢？」

「難道這就是他們待在這兒的原因？因為他們認為自己是快樂的？」

「人們待在這裡的原因很多，大部分人離不開是因為他們已經習慣了。他們以怪異的方式與瘋狂和平共處，不知道什麼是真實的，什麼不是；即使不快樂或者受到傷害，他們還是只看到他們想看的。然而，他們卻從沒想過要離開，因為不曉得別的地方有什麼值得期待的，他們擔心那兒可能跟這兒一樣糟，或許更糟，因此他們想，何苦自找麻煩去冒這個險？」

公主非常了解要一個人待在他熟悉的地方太容易了，即使

他在那兒並不快樂，甚至受盡傷害。當她聽威利述說時，她了解到，像她一樣離開熟悉的一切，向未知的旅程出發，是需要多大的勇氣，她的全身頓時如通電般充滿了力量。

「一定有人離開過這兒，對吧？」她問道，並意識到她也該離開了。

「喔，當然。關於外頭的傳說滿天飛，所以一些人開始渴望到外頭瞧瞧，但是，濃霧總使讓他們看不清正確的道路，反而更深入幻相之地，結果比在這裡更糟。」

「我知道如何選擇正確的道路。」公主堅定地說。

「即使妳知道如何選擇正確的道路，這段旅程還是異常艱辛，很多人在看到路上有多危險之後，紛紛掉頭回來。他們說，幻相之地會把人緊緊抓住，不讓他們離開。」

「雖然我以前離開的那個地方緊抓著我不放，但我還是成功地掙脫了。我也曾經經歷過突如其來的洪水及暴風雨，還有差點讓我溺斃的海洋，我也曾走過布滿滾動碎石，充滿跌跤威脅的路，甚至隨時有遭巨石壓扁的危險。我也曾感到空虛、寂寞、恐懼以及迷失，然而我克服了一切，劫後餘生。」公主一邊說，一邊驚訝於自己話中所蘊藏的力量。

「即使妳能夠成功地離開，還是有可能會逃回來，許多人如此。他們告訴我在那兒歷經了前所未聞的恐怖經驗。」

「像是什麼？」

「像是真相。」

「什麼意思？」

他們發現事情的原貌，而不是他們希望或者他們認為、感覺事情該是怎樣，所以他們稱那兒為真實之境。」

「為什麼他們要逃離哪兒？真實就是真理，而真理可以療傷止痛。」

「他們說，治療的過程比病痛更可怕，妳真該看看那些逃回來的傢伙，整天哭訴他們不應該去那兒，好長一段時間之後才平靜下來；然而卻再也無法恢復從前的樣子。」

「我不想恢復從前的樣子。」她說。心中念念不忘她仍然需要知道的真理，例如王子是否真被下了魔咒？如果是，究竟是誰施了咒語，又是為了什麼？當她想幫助他的時候，究竟出了什麼差池？為什麼父王與母后堅持要她成為他們要的樣子，而不接受她原本的模樣？而為什麼她大半輩子以來，始終深信自己並不是別人心目中的那個人？

她一想到她等候多時的答案，就迫不急待地想出發前往真實之境，她抓起旅行袋的提手，說：「我必須知道現在、過去以及未來的真相，除非找到解答，否則我無法安心。」

「好吧，如果妳那麼急著走的話……」

「我是很急。」她回答，並很快地用單手擁抱了一下威利。

他把身體的重心換到另一隻腳，有點害羞地看著地面。「我想妳會是成功離開這兒的人之一，妳非常勇敢，我也真心希望妳能成功。」

　　「謝謝你，威利。」她深深吸了一口氣，然後再一口氣，傾聽她的心帶領她離開營地。

真實之境

當公主離開營地的時候，陰魂不散的濃霧瀰漫四周，根本不知道前方究竟有什東西，所以當她經過出口的指標時，覺得非常焦慮。她停下來，再一次眺望前方道路，腦海中則響起威利的話：濃霧使得許多人看不見正確的道路，最後讓他們進入更深處的幻相之地。

公主瞇著眼睛，想在迷霧中看清方向，前方隱約出現了幾條路，而且還是難走的上坡路。她環顧四周，等待她的心為她指引方向。然而當疑慮悄悄盤據腦海時，心卻毫無動靜，只是因害怕而跳動得更厲害罷了。如果她走錯了路，永遠到不了真實之境，那該如何是好？那麼她就到不了真理殿堂，也就無法得知神聖卷軸中寫了什麼，如此一來，她豈不永遠無法得到平靜安詳，也永遠無法得知真愛的祕密了。

醫生的聲音突然蹦進她的腦海：仔細看路標。

沒錯，看路標！她仔細尋找路標，從這一條路找到另一條路，再下一條路，可是她卻看不見任何路標；這是怎麼回事？她既焦急又納悶，為什麼她看不見任何路標呢？

她等待著，然而除了包圍全身的濕氣，以及胸膛中的心

跳，她再也感覺不到任何可能的訊息。突然間，她幾乎可以聽見桃莉的聲音說：恐懼與懷疑讓人對顯而易見的東西視而不見。

難怪！她心想。她的恐懼與懷疑使她看不見路標，並使得她的心跳激烈到無法指引道路。她勉強自己要鎮定，然而她越是正面對抗恐懼與懷疑，這兩種情緒就越是坐大，而它們越強烈，她也就越覺得恐懼、覺得迷惑。

然後她想起桃莉教她如何在海中克服恐懼與懷疑，同樣的方法在陸地上一定也管用。於是她深深吸氣，再緩緩吐出，慢慢放鬆身心，平靜地等待她的心為她指引方向。

過了一會兒，她面前那一條路吸引了她的注意力，她隱約看見一個路標浮現在灰白的霧中。

「這應該就是了。」維多利亞說。她遲疑地往前踏出幾步，然後再幾步，然後發現自己就站在一個木頭標誌前，上面寫著：

真實之境
往前直走

「我覺得我不太想知道什麼是真實。」當公主小心地朝這條路出發時，維琪開了口。

「維琪！妳剛剛到哪兒去了，在營地的時候，妳好安靜喔。」公主一邊回答，一邊撥開不斷刮擦著她手臂及雙腿的茂密灌木叢。

「我那時忙著感覺事物。」

「嗯，妳一向擅於感覺。」

「我想妳當時也一定忙著理解事物、尋找真理。妳一向擅於理解，對吧，維多利亞？」

「妳說的沒錯，維琪。」

公主步履蹣跚地跨過地面上凸出的樹根以及濃密的雜草，再撿起一根掉落的樹枝，撥開擋在她面前的矮樹叢。

「維多利亞。」維琪輕輕地喊了一聲。

「什麼事？」

「那不是我的錯，對不對？我是說國王、皇后和王子不喜歡我的作風，那並不是我的錯。」

「是的，維琪，那不是妳的錯。」

「但是妳以前也不喜歡我的作風。」她傷心地說。「在營地的時候，妳跟我說對不起，是嗎？」

「是的，言語還不足以表達我對妳的歉意。」維多利亞回答，覺得喉嚨像是哽了一個硬塊。「原諒我，維琪。從現在起，我要愛妳本來的樣子。」

「何必呢？反正沒有人喜歡我本來的面貌。」維琪可憐兮

兮的聲音，深深觸及維多利亞的痛處。

「因為蘋果樹本來就應該結蘋果，烏龜本來就應該有硬殼；因為在毛毛蟲體內蘊藏著蝴蝶，而所有鳥兒的歌聲都是甜美的；這很難解釋，但是相信我，我會盡力的。」

公主繼續前進，然而多刺的矮樹卻一直勾住她的衣服，似乎要拉她回去。她不斷撥開樹叢，繼續往前走，每一步都充滿了艱辛痛苦。她想起威利曾警告她說幻相之地會把人們抓住不放，於是她更加專注地用樹枝清除道路，不斷在糾結的樹根中尋找平地。

「維多利亞。」維琪用很小很小的聲音說。

「什麼事？」

「我在想，如果妳可以的話，或許我也可以。」

「可以什麼？」

「喜愛我本來的面貌。」

當公主攀爬到山腰時，山路布滿岩石，樹叢雜草漸漸稀疏，霧也沒那麼濃了，所以她可以看得更遠一些。她期望接下來的路會好走一些，然而，道路卻變得更加陡峭、潮濕，讓她不停打滑，也讓她更加灰心。她幾乎是往上走兩步便下滑一步。好幾次，她想打退堂鼓，回到幻相之地，但是對於真理殿堂的憧憬隨即又鼓舞她前進。

就這樣不停地爬上又滑下，最後她實在筋疲力盡了，一個

不小心，竟然連人帶旅行袋一起滾了下來，眼看就要掉落懸崖，幸虧讓崖邊的一叢灌木給擋住了。

「呼！真是好險！」維琪從灌木邊緣探頭望望底下的深谷說道。

「是啊，好險。」維多利亞附和道。「我有一下子還以為就會這樣一路滾下去呢！」

「沒事了。」一個聲音響起。「雖然這種事在這條路上常常發生，但還沒有人真的一路掉回原地。」

「醫生！」維多利亞興奮地大喊，她奮力脫離扎人的樹叢，滾到地面上。「我有好多事要告訴你！那營地真是令人難以置信。還有，你是對的，我的心的確知道正確的道路。還有，我學到如何不感到恐懼與懷疑……哦，醫生，我不知該從何說起！」

「你這一次怎麼沒有戴著草帽，唱歌彈五弦琴呢？」維琪冷不妨冒出一句，語調聽起來頗為失望。「每次你出現時總會唱歌彈琴。」

「生命太短暫了，短得讓你無法總是做同一件事。」醫生說。「可是如果你堅持的話……」他迅速從黑袋子取出五弦琴，並戴上草帽……

在那人稱真實的地方，

住著一位偉大的巫師。

當你面臨理解與成長，

那巫師可是個中翹楚！

「我希望我們能碰到他。」維多利亞說。

「妳的希望很快就會實現，我親愛的小姐。」醫生回答道，然後脫下帽子，優雅地向公主行了個禮。

「真的？巫師？我們會碰到一個真正的巫師！」維琪大喊。「他長什麼樣子？他會告訴我們想知道的每一件事嗎？我們可以現在就見到他嗎？」

「巫師一定會令妳感到驚奇的，那是妳意想不到的。」醫生露出戲謔的微笑。

「他會來這裡嗎？」維多利亞問。

「不，是妳去他那兒，也就是真實之境。」

「我聽別人說過那地方，但是我不知道它在哪裡。」

「它就在山頂上。」醫生回答。「就快到了，繼續前進吧！因為這趟旅途最刺激的部分就在前方等著了。」他拍拍翅膀飛到天空，並在空中大聲喊著：「繼續努力吧！」然後便消失了。

懷著即將見到巫師的興奮，又得知真實之境就在眼前，公主從地上一躍而起，拉出掉在灌木叢中的旅行袋，再次走上真

理之路。

　　然而，在她還沒抵達山頂之前，長時間攀爬的副作用此時一一顯現。她開始感到精疲力盡，全身上下又痠又痛，最後，甚至無法往前再跨一步，她癱倒在地上，甚至連頭都還沒有碰到旅行袋就已經睡著了。

　　當公主終於醒來時，她覺得全身的精力又恢復了，並且急著開始她的旅程。

　　「維多利亞，妳聽。」維琪輕聲耳語。

　　「聽什麼？」維多利亞也輕聲回答。

　　「聽這一片寧靜。沒有人對我們大吼大叫，感覺有點怪，是不？」

　　「是啊，沒錯。」維多利亞一邊聆聽週遭的靜默，一邊回想。「而且我們的內心也好安靜啊！」

　　過了好一陣子，維琪又開口了：「維多利亞。」

　　「什麼事？」

　　「我們已經很久沒跟躲藏先生在一起了，為什麼現在還是常常感到胃絞痛和胸口悶？」

　　「我也不知道，會不會是我們已經習慣了？或許如同醫生所說的，真實之境的真理可以治好我們。」

　　公主緊抓著旅行袋繼續趕路，她望著迷霧籠罩的山頂，覺得那兒看起來和幻相之地的景色沒什麼兩樣。她一方面感到失

望，一方面卻鬆了一口氣，失望是因為她非常急切地分辨現在的與過去的真理；鬆了一口氣則是因為之前威利的警告使得她一路上不斷擔憂，總以為會有什麼怪事在抵達時發生。

突然之間，陽光穿過迷霧，一道光芒照在她前方不遠處的一個路標上。那一定就是了，她心想。她匆匆走到路標前，看著上頭的字：

歡迎光臨
真實之境

「我們終於到了。」她告訴自己，心想太陽露臉歡迎她或許就是一個好兆頭，隨即她又覺得自己的想法真好。

公主瞧瞧山的另一頭，覺得真實之境似乎是個好地方，這兒空氣清新，而平緩、長滿青苔的山坡更是動人。公主實在無法理解為什麼會有人像威利所說的，在這裡備受打擊，最後甚至逃回迷失旅人營地。不過她知道，無論她遇到什麼事，都絕不會逃回去。她又想到那些沒能成功到達真實之境的人們，她向來並不認為自己是個堅強、信心堅定的人，然而像她這樣，走了這麼遠，卻是需要極大的力量與信心。用一種全新的眼光來看待自己感覺有點奇特，然而卻也感覺很好。

當她們繼續往前走，維琪不斷地問何時才能見到巫師，維

多利亞也不斷回答不知道。

公主走啊走，來到一塊平坦光滑的大石頭前，便高興地坐下。她打開旅行袋，伸手進去翻找，然後取出她的食譜，很寶貝地用雙手捧著。她盯著書名下方她的姓名，然後隨手翻開書頁，回憶起多少次她懷疑自己是否真能寫書，還能出版。隨後，她又想起她為了完成這本書而做的一切構思、計畫以及試做。

然後她又取出灰姑娘舞台劇製作人送給她的玻璃鞋，想起她曾經如何不相信自己能夠爭取到這個角色，而當她爭取到了以後，又不相信自己能稱職地扮演好灰姑娘。她為她過去的成就感到自豪，她有權利感到自豪，因為是她為自己所贏得的。對她而言，這種想法是前所未有的。她心想，難道是真實之境在不知不覺中影響了她？

公主把書及玻璃鞋重新放回旅行袋，然後再次上路，新婚生活的鮮活記憶令她感傷不已，她想起當時他總是鼓勵她，甚至當她自己都不信任自己時，他還是衷心地相信她，想到這裡，不由得嘆了口氣。如果他能始終如一就好了，那麼事情也將完全不同，此時，她益發強烈地想要一探真相——他為何改變的真相。

直到現在，她還是無法相信他竟會變成後來那個樣子，每當她想起他——他曾為她做的一切、他的聲音、他身上散發的

氣味和感覺、他的微笑和酒窩、他眼中只為她一人閃耀的光芒、他輕捏她的手代表無言的「我愛妳」的特殊方式，她的心仍感到像火鉗燒烙般地疼痛。然而，每當她想起他時，胃絞痛和胸悶的感覺也隨之而來，提醒她從他們在大學圖書館相遇的那一天起，他曾對她說過、做過的所有殘酷的事。

「或許巫師會知道他到底是怎麼了。」維琪建議道。

就在此時，一道白煙突然冒出，公主大吃一驚，一個踉蹌便順著山坡滾了下去，一路滾到一個標示牌前，她抬頭望望那牌子，只見上頭寫著：

回憶小巷之旅

「這個倒挺有趣的。」維琪說，她似乎非常享受在緩坡上翻滾。「嗯，回憶小巷之旅。」

可是維多利亞卻對於被煙噴了一臉，又從山坡上滾下來沒有什麼興致，她嘟囔著說：「好一個回憶小巷之旅。」

「我打賭那一定是巫師。他們不總是隨著一股煙霧出現嗎？」維琪大聲嚷嚷。

可是她們舉目四望，卻只見一位矮小的老婦人站在那兒，她穿著黃色的長襯衣以及黃色的大頭拖鞋，看得出來她故意將鞋子染成黃色好搭配她的襯衣。「哦，我的天！妳還好吧？」

她活力十足地說。

「嗯，我還好。」公主一邊回答，一邊納悶這老婦人究竟是從那兒冒出來的。「只是有點兒失望。」

「為什麼，親愛的？」她問道。

「因為我以為……呃，一陣白煙害我跌倒，然後就滾到這兒來，我還以為真實之境的巫師就要出現了，我想，我是猜錯了。」

「當然，妳有時候會猜錯，但可不是這一次。」

「妳的意思是……」

「我的意思是妳猜對了，那陣白煙就表示真實之境巫師即將降臨。」

「那麼，他在哪裡？」公主東張西望。

「就是我。」老婦人回答道，她的聲音聽起來有點滑稽。

「什麼？妳不可能是真實之境的巫師！妳甚至沒有鬍鬚！」

「很多人都這麼說，所以我帶了這個。」她一邊回答，一邊迅速從她裝得鼓鼓的手提袋中抽出一把長長的灰色假鬍鬚，當著公主的面戴上。

公主不可思議地看著她，如果這個婦人就是巫師，那麼她可有得檢討了，她甚至不能好好地在白煙中出現。

老婦人說：「現在，容我正式地歡迎妳來到真實之境。」

真實之境

「謝謝妳,可是……妳確定妳真的是真實之境的巫師嗎?」公主還是不太相信地問道。

「我當然是。我有正式的證書,我拿給妳看。」她從鼓鼓的手提袋中取出一堆紙張,然後從那一堆亂糟糟的紙堆中,抽出一張看似官方文件的卡紙,遞給公主。

公主仔細地看了又看,她簡直不敢相信她的眼睛,卡紙上貼著老婦人的相片,相片底下印著兩行字:「正式職稱:真實之境巫師」以及「地址:真實之境」。

「還有,這是證明我是國立巫師協會的現任理事的證書,事實上,去年我還擔任過理事長;妳還要看看其他的文件證明嗎?」她問道,一邊掏出更多文件。

「不用了。很抱歉我剛剛懷疑妳,可是我以為巫師都是……呃,妳知道的。」公主回答。

「是的,親愛的,我知道,沒有關係的,初到此地的人往往搞不清事實真相。」

「妳說『搞不清事實真相』是什麼意思?」

「我的意思是,許多人對於現在、過去或未來的事情都有先入為主的想法,我們稍後將會談到這個;無論如何,這些想法使得他們看不見真相,有時候還滿嚴重的。曾有人拒絕相信我就是真實之境的巫師,即使他們檢視過我所有的證明文件,也親眼目睹我展示了高強的法力。」

公主沉思了一會兒，然後開口說：「我千里迢迢來到這兒，為的就是要洞悉事情的現況與過去，所以我絕不讓任何事物阻擋我去發覺事實真相。」

「很好，那麼妳一定可以發現妳一直在尋求的真相。」

當公主接受了站在她面前的是一位貨真價實的巫師後，一直隱藏在心中使她苦惱不已的問題便一瀉而出，無法停止。「為什麼我總是如此脆弱？如此敏感？如此害怕自己的影子？老是作白日夢？還有，到底是誰在我的迷人王子身上下了魔咒？」她連珠炮似地拋出一個個問題。

巫師專心地傾聽，直到公主問問題的速度慢下來，她才找到機會說話：「一個人永遠無法在其他人身上找到事實真相，而必須自己去發現。我相信霍特醫生先前已經向妳解釋過了，對吧？」

「妳也認識他？」公主驚異地問道。「他真是無所不在。」她沮喪地嘆了一口氣。「我還以為只要找到妳，就可以知曉所有現在與過去的真相。」

「妳會知道的，親愛的。可是妳對巫師的工作的認知，正如同妳對巫師的外貌的認知一般，其實是錯誤的。巫師的工作是幫助人們自己發現真理，說到這個，妳還有一個劇場表演要參加呢，隨我來吧。」

「劇場表演！我喜歡劇場，我還演過灰姑娘呢！」

「是的，我知道，妳演得非常好，而且那還不是妳唯一的一次，跟我來吧，妳會知道我的意思。」

　　公主起身，抓起旅行袋，與巫師肩並肩一起走向回憶小巷。

回憶小巷之旅

　　公主隨著巫師走在鋪滿圓石的小巷上，覺得自己好像踏入了另一個時空，小徑兩旁排列著造型奇趣的木屋，未經修剪的常春藤從木屋外牆垂曳下來，屋子與屋子之間隔著綠油油的草皮及茂密的栗子樹蔭。

　　「這條街上的每一樣東西都是經過精心設計，好讓人們挖掘他們過去的真相，我想妳一定會發現這裡是非常獨特的。」巫師說。

　　首先，她們來到一間看似老式鄉村商店的房子。「這裡是『老家族商店』。」巫師以一副導遊似的口吻介紹。

　　「這是什麼樣的商店？」公主問道。

　　「加工品，古老的加工品，很多來這兒的人都對這些加工品很感興趣。」

　　緊接著，她們又走到一棟有陽台和大橡木門的農舍，牆上茂密的常春藤已然修剪過，露出了一個招牌，招牌上寫著：

回憶小巷旅店

「有人會留在回憶小巷嗎？」公主問道，她開始擔心自己或許會在此逗留得比原先預計的時間久。

「是的，他們要待多久則依需要而定。」

「那麼，他們究竟需要停留多久？」

「有些人只需逗留一下下，而另外一些人則需要較長的時間。不過，我們擔心的是，少部分根本不願意離開的人，儘管陷於過去無法自拔是件嚴重的事情，但他們卻藉此求取他人更多的注意。」

在旅店隔壁則是一間劇院，門前巨大的畫架上擺著一幅看板，預告正在上演的戲碼……

老古董劇院隆重上演

昔日的傀儡戲

值得記憶的家族傳說

領銜主演

維多利亞公主

其他演員

國王、皇后、王子

公主目瞪口呆：「我領銜主演？妳之前告訴我的是來看戲，而不是演戲！」

「這只是重演妳主演了一輩子的舊戲碼罷了，妳可以從裡面看見過去的一切，以及如何演變成現在的樣子。我們最好快一點，戲就要開演了。」

然而公主卻仍舊站在原地，眼睛直盯著地面。

「怎麼了，親愛的？」巫師問道。

公主微微顫抖：「如果⋯⋯如果我發現⋯⋯我是說，我等這一刻等了這麼久，如果⋯⋯」

「在真實之境，是沒有『如果』二字的，這裡只有真相，而且若妳不知道真相，它還會傷妳更深。」

「我只希望我會喜歡我發現的東西。」公主不安地說。

「事實很可能是，妳會喜歡某一部分的真相，而不喜歡別的，妳會熱愛某些部分，而痛恨別的。但是，無論是好是壞，或是不好不壞，真相就是真相；妳知道也好，不知道也罷，都不會改變事實。了解真相僅僅是給妳力量，可以好好過自己的生活，減少自我的矛盾和衝突。」

「我一定得這麼做嗎？」公主問。

「生命必須向前瞻望，雖然有時我們也要回頭看看，才能了解一些事情。這不正是妳等了這麼久，所想要了解的嗎？怎麼決定全看妳自己了。」

公主深深吸了一口氣，然後向巫師點點頭。於是，巫師輕輕牽起她的手，帶領她走進戲院。

「現在，親愛的。」巫師邊說邊捱著公主坐下。「對這場特別的演出，還有一件重要的事情是妳必須知道的，那就是妳不僅僅會看到、聽到表演和對白，也會知道劇中人的想法和感覺。」

「妳的意思是說，我可以聽到他們腦袋裡的想法？」

「是的，還有他們心裡的感覺。」

巫師一彈指，戲院裡所有的燈光都暗了下來。「開演吧？」她高舉雙臂大叫，一陣白煙忽地充滿舞台，然後迅速消散，舞台上出現置於畫架上的告示，寫著：「第一幕」。

巫師再次彈指，一個小女孩出現在舞台上，看起來既孤單又悲傷，公主想起父母皇宮起居室裡掛著的畫像，認出這正是小時候的皇后。公主看著母親的一生在她眼前上演，覺得不可思議，而獲悉母親對事物的想法和感覺也讓她很不自在。

公主看著舞台上的小女孩長大，看著她與朋友、父母相處，看著她在學校和家裡的生活，體驗到她的希望、夢想、恐懼和懷疑；公主對她的喜悅或傷痛都能感同深受而隨之大笑或哭泣。當第一幕落幕時，公主頭一次了解到，皇后是如何成為那樣的女人、統治者、妻子和母親。

隨著巫師再次彈指，一個新的告示牌出現，第二幕開始。

公主馬上融入舞台上那個顯然就是國王的小男孩所面臨的挑戰與勝利，她分享他所有的歡樂時光與悲傷時刻，與他同

憂、同苦，更與他同喜。很快的，公主了解到國王是如何成為那樣的男人、統治者、丈夫和父親。

第三幕開始時，皇后抱著剛出生的公主出現在舞台上，國王則在一旁充滿溫情地看著小公主。隨著劇情發展，公主再一次回顧了她生命中的許多時刻——其中有些充滿了傷痛的回憶，讓公主忍不住啜泣起來，有些場景和她記憶中毫無二致，有些則有點出入，還有一些場景她根本早已忘記了。她清楚看見維琪的可愛和無知，她也看見了身處於最低潮時的自己。

當第三幕結束時，公主同樣了解到自己是如何變成這樣的女人、女兒和妻子。

終於捱到中場休息，公主鬆了一口氣。悲傷如巨浪般排山倒海而來，將她淹沒，她再也看不下去了，而當她和巫師開始談話時，悲傷又轉變成憤怒。然而對於受過皇室禮節嚴格規範的公主而言，感覺憤怒是不被允許的，於是公主的情緒在悲傷與憤怒之間，來來回回徘徊不定。

最後，在巫師蓄意的刺激之下，公主終於哭喊了出來，她對父母以及所有曾經說她不夠完美的人生氣，更氣自己竟然相信他們的話。然而她為自己的憤怒感到內疚，反過來又為自己的內疚感到憤怒。她的心智時而麻木失去知覺，以至於忘了她和巫師正說些什麼。

巫師說，對於像她這樣從小依循皇家規章來評斷一切感覺

的人而言，這種反應是完全可以理解的。而且目睹自己的父母由高高在上的寶座跌落平民一般的地面，對於一個在皇室長大的小孩來說，也不是一件可以輕易接受的事實。

「但是，或許他們也無法控制自己不這麼對我。」公主說。一想起她父母的過去與情感，她對於自己責難他們如此對待她感到更加內疚。

「沒有錯，人們總是以他當時所擁有的手段與傷痛為基準，來做他們認為最正確、最好的事。」巫師回答。「悲憫他們並沒什麼不好，反而會為妳敞開一扇門，讓妳懂得悲憫自己。但是光知道自己的過去是不夠的，也沒有任何理由讓妳因此看輕自己、懷疑自己的看法與信念、強迫自己否定所有感覺；妳過去所做的一切不該遭到這種下場。」

然而，所有的痛苦、憤怒、罪疚和悲傷仍然像一股巨大的龍捲風在公主心中旋轉。「這些情感到底是從哪兒冒上來的？」她問道。

「許多時候，人們的情感來自於同樣的根源。」

公主忍不住又哭了起來，她哭了又哭，直到筋疲力盡地倒在巫師的臂彎中睡著了。

過去的經歷，造就了今日的你我

「快醒來，親愛的。」過了好一會兒，巫師搖醒公主。

「第四幕就要開始了。」

公主打起精神，勉強撐住自己，因為她知道接下來將出現什麼……王子的童年時期。從他一出現在舞台上的那一刻起，公主就被那個日後將成長為她的迷人王子的小男孩迷住了，她的心隨著他的生活而起伏，她親眼目睹他所面臨的挑戰和贏得的勝利；她感覺到他內心的掙扎，也看到他如何以自我嘲諷的態度掩飾心中的痛苦。當公主親眼看到魔咒剛開始發揮作用，並把她珍愛的笑咯咯博士轉變成可怕的躲藏先生時，她整個人僵在椅子上，無法動彈。

當第四幕結束時，公主盯著巫師，說：「真令人難以相信，我一直以為真正的王子是溫柔的笑咯咯博士，而躲藏先生不過是有人在他身上下魔咒的結果。哪裡知道，真正的王子其實一直是兩者的綜合。」

「這就是躲藏先生的本質，而這也是童話故事的本質，總是讓妳感覺比真實還真實。」

巫師再度彈指，第五幕開始，出現了大學圖書館的場景。

當公主抬頭望見她生平見過的最蔚藍的眼睛，興奮之情在她體內騷動，與第一次的感覺毫無二致。她再度體驗與王子在一起時的狂喜與痛苦，只不過這一次，她清楚了解所有發生的事情，以及發生的原因。雖然發現真相令她感到寬慰，但是卻無法消除失去他的痛楚、憤怒、哀傷與空虛。

她再度與巫師交談，直到終於受不了而尖叫出聲：「我恨王子！我恨他摧毀我的童話故事！我恨他背叛我的信任和愛！」

「妳當然恨他，親愛的。」巫師悲憐地回答。「妳心裡還恨著什麼人呢？」

「有，我自己！」公主揮舞著拳頭，大聲叫喊。「我恨自己竟然讓他傷害得這麼深、這麼久。」

她繼續感覺她所有的情感，傾吐她想說的話，狂怒仍源源不斷地從她體內湧出，直到再也擠不出一絲怒氣。然後，她的憤怒漸漸消散，讓她終於放下了長期以來一直壓著她的情緒重擔。

她回想方才觀看的王子成長過程。「在我們相遇之前，他就已經對許多事物感到憤怒，然後將他的憤怒全發洩在我身上，我完全沒有逃脫的機會。他利用我對他的愛來傷害我，將他的快樂建築在我的痛苦上，不過我就是無法下定決心離開。」

「當被愛的需要凌駕於被尊重的需要時，人們就會成為前一個被害者的犧牲品。」巫師回答道。「到頭來，他們只能得到他們勉強接受的東西，不多也不少。」

「或許他們之所以勉強接受，是因為他們已經習慣這東西了。」公主說道，並回想她對國王皇后的愛，以及其中包含的

痛苦。

「一點沒錯，人們總是尋求他們熟悉的東西，熟悉的事物總是讓他們覺得比較舒服。」

「就算是痛苦的掙扎也一樣嗎？」

「是的，痛苦的掙扎尤其是如此。人會隨著時間改變，但是人們總是非常努力地想把事情做對、為問題尋找答案、完成未完成的事物，這是不會變的。很不幸，他們往往一再嘗試第一次就已經證明不管用的方法。」

公主不安地在座位上挪動。「這不就是王子一直在做的事嗎？他說他沒辦法不變成躲藏先生。」

「或許是吧，你可以選擇繼續痛苦，但是我要說，這是一個不負責任的選擇，每個人都要為自己的行為負責，每個人也都對處理自己的痛苦有責任，不能遷怒別人。老古董劇院的大門為每一個人而敞開。」

「如果他能早來這兒就好了。那麼，或許他會變好，而事情也將完全不同。」公主憂鬱地說道。

「或許吧，但是有些人不敢去面對他們在這裡必須面對的一切，也不願意做他們必須做的事。」

公主皺起眉頭。「這麼多年來的顫抖、胃絞痛、胸口悶、感覺無助、困惑和厭倦，這些時間全都白白浪費了。」

「一旦妳把別人的意見評判看得比妳自己的重要時，妳便

是放棄了自己的力量。」

「緊握力量對妳來說一定是十分輕而易舉的，妳擁有如此強大的力量。」

「妳也是的，親愛的。然而就如同世界上所有的力量一樣，妳必須察覺到這力量，並且經常練習使用，否則它將永遠潛伏沉睡。」

公主做了一個深呼吸，試著放鬆緊繃的身體：「若我真的擁有強大的力量，為何在我了解所有的真相後，卻仍感到深愛著他？」

巫師拉起公主顫抖的雙手：「了解是一回事，但感覺則是另一回事，有時候要花好長一段時間才能讓感覺和了解一致。耐心等待吧，親愛的，這一天總會到來的。」

公主仔細思索巫師的每一句話，對她來說，有好多事情需要好好思考。突然間，另一個問題浮上公主心頭，亟待回答，就是：「我全心全意愛著他，但是他說那還不夠，為什麼？」

「再多十個公主愛他，還是無法滿足他。」巫師說。「那些認為自己不值得被愛的人──例如王子，通常會懷疑別人對他們的愛，他們不相信怎麼有人會愛像他們這麼不值得被愛的人。」

眼淚從公主的臉頰上滑落，她的淚珠越掉越快，直到她不可自抑地啜泣起來，心中充滿痛苦與徒勞的感覺。

維琪顫抖哽咽的聲音悄悄地溜進維多利亞的意識中：「我們要注意不能又讓劇院泛濫成災，還記得上一次我們也是像這樣哭的時候，造成了什麼後果吧，那一次我們差一點被自己的眼淚淹死。」

　　「那一次我們還沒學會游泳。但是現在，淚水或許會泛濫，但是我們永遠不必再擔心會淹死了。」維多利亞安慰她。

　　「好好學些東西會讓人平心靜氣。」巫師一邊說一邊輕撫公主低垂的頭。

　　「我真希望我能夠平靜面對所有發生在我身上的事。」

　　「妳可以的。」

　　「我該怎麼做？」公主抬起頭望著巫師慈祥的面容問道。

　　「只要妳願意。」

　　「只要我願意？願意什麼？」

　　「願意繼續去感覺過去發生的事情所帶來的情緒，而不再受影響；願意安慰維琪，協助她度過這一切，而不是責備她；還有，願意原諒自己在過去沒能做到完美的極致。」

　　公主用巫師遞給她的手帕輕拭著眼淚：「我不明白，為什麼這些事情會發生在我身上？」

　　「生活是艱難的。有些人走進我們的生命，並在我們的心裡留下足跡，然後一切就截然不同了，當然不同也可能意味著更好。」

「妳説『更好』是什麼意思？一個人怎麼可能因被傷害而變得更好？」

「難道妳沒有因此而變得更睿智，能夠清楚分辨什麼是愛，而什麼不是？難道妳沒有更了解妳自己是誰？難道妳沒有學習到召喚出自己內在的力量？而妳以前甚至不知道自己擁有這份力量。」

「我想是吧。」公主承認。

「每一段關係、每一次經驗都是一個有價值的禮物，越早了解到其價值，妳就能越快度過痛苦。」

「醫生曾告訴我，挑戰往往帶來學習真理的契機，但是，我還是不明白，為什麼我必須傷得這麼重才能學習到真理。」

「比起快樂，痛苦能教妳更多東西，想像妳自己正在接受訓練，那麼經驗就是妳必須上的課程，經由課程，妳將學習到智慧，使妳的人生變得更豐富、更充實，也更容易。」

公主搖搖頭。「這一定不是個簡單的學習過程。」

「不錯，但這卻是最有效的學習過程。而且痛苦能伸展妳的心，製造更多空間來容納愛與歡愉。」

公主嘆了口氣：「愛與歡愉？我不知道，在經歷過那些事情之後……」

「妳昨天的生活方式決定了妳的今天，但是妳今天的生活方式將會決定妳的明天。」巫師説道。「每一天都是一個新的

契機，每一天妳都有機會活出妳想要的生活，不需要再陷入舊的信念、舊的思維方式中。因為妳已經知道，這些信念以及生活方式都是來自於其他人、其他時空。」

巫師伸出手按著公主的肩膀，和煦的眼光溫暖了公主的身心。

「仔細聽好了，親愛的。我現在要說的事非常重要。」接著，巫師緩慢而堅定地說：「一切都過去了，所有的危險也都過去了，現在，妳可以安心做自己了。」

完美山谷

當公主與巫師一起步出劇場時，她一遍又一遍思索著巫師的話。

「妳的意思是說我不必一直想改變自己，我本來就沒有問題？」

「妳不只是沒有問題。」巫師回答。「事實上，妳很完美。」

公主垂下頭沮喪地說：「這正是我一輩子想達到的目標，但是無論我多麼努力，我還是過於脆弱、敏感、膽小，總是夢想一些也許永遠不會發生的事。」

「妳是否想過，或許妳原本就該是如此？」

公主嘆了口氣。「有啊，我想過，但是卻很難說服自己相信，我真的不知道我原本該是什麼樣子、我是誰，或是為什麼。」

「妳就快找到答案了，不是嗎？剛好，我們現在正要去一個完美的地方。」巫師一邊說著，一邊趕緊用手捂住一個險些發出的惡作劇笑聲。「跟我來，親愛的。我想讓妳看一些東西。」

巫師帶領公主來到一座山頂。「這就是全世界景色最優美的地方——完美山谷。」她張開雙臂，好像要將她們腳下鄉間的美麗風景全都擁抱入懷。

　　「完美山谷？妳是說那兒的一切都完美無瑕？」

　　「是的，一切都完美無瑕。」

　　公主低頭一望，看見一個比王子的眼睛還藍的湖，湖畔長滿了她所見過最蒼翠茂密的青草。絲緞般的陽光在湖水上跳動，一叢叢的草莓與野花恣意地生長著，花香混合著果香，隨風陣陣傳送到她們站立的山頂；松鼠四處跳躍，蝴蝶翩翩飛舞，野雲雀的甜美歌聲響徹雲霄。所有的一切看起來是那麼的清新潔淨，就好像才被一場小雨清洗過一般。

　　「如果我也能這麼完美就好了！」面對眼前無瑕的美麗，公主心中不禁生起一股崇敬之心。「我們可以到那兒去嗎？」

　　「當然可以。」巫師回答，並帶領她沿著長長的緩坡往下走。

　　一路上，公主到處東張西望，她看得越多，越覺得一切都不如在山頂上看到的那般完美，而她越了解到這一點，也就越感到失望。

　　「我還以為妳說這個山谷裡的一切都是完美的，呃，我是說，這個山谷還不錯，但是靠近一看，就會發現它一點都不完美。灌木叢好像沒那麼綠了，樹木也只是普通的樹，湖水不

是那麼的清澈，然後還有蟲子……好吧，雖然它並不完美，至少看起來還不錯。」她一邊說一邊信手摘了一顆鮮紅飽滿的草莓，拿到巫師的面前，說：「這是唯一看起來還算完美的東西。」

然而當她咬了一口這看來鮮美的果實後，她的臉皺成一團，嘴巴也禁不住嗷了起來。「好酸啊！這裡根本沒有一樣東西完美嘛！」

「我親愛的，妳真的很擅長破壞莊嚴的真相。」

「我通常是不會這樣的，可是妳之前說這兒的一切都是完美的，其實不然。我好失望，我原先期待……」

「如同美麗，完美也是存在於觀看者的眼中。」

公主感到很迷惑。「可是任何人都看得出來這些樹木、湖和草莓都並不完美。」她低垂著雙眼喃喃說道：「或許世間的一切原本就不完美，國王、皇后、王子或我自己都不完美……或者甚至連愛情或我的童話故事，也都不完美。」

「這一切本來就該是那樣。」巫師安慰公主。「這也是他們之所以完美的原因，唯一不妥的是妳理解完美的方式。」

巫師繼續說下去，公主卻開始心不在焉，她心想：天啊，就連我理解完美的方式都是不完美的。

「石頭是硬的，水是濕的，而看來鮮紅飽滿的草莓有時候是酸的，這些就是存在的真相。在自然界中，萬事萬物原本就

是被設計成它們應有的樣子，發揮它們應有的功能。」

「而我生來就是被設計成不完美的模樣。」

「正好相反，妳生來的樣子，恰好符合整個天地宇宙對妳做的安排。」

公主搖搖頭說：「我對這什麼安排一無所知，我只知道試著說服自己現在的樣子還可以，然而，我還是對自己很不滿意，我還是想改變自己。」

「在內心最深處的那個妳是完美的。」巫師解釋道。「以前如此，未來也是如此，完美是大自然的恩賜，妳不需要努力向外求取，那是妳的一部分，不管妳有多少想要改善的缺點。」

公主回想起過去這些年來，她一直努力想使自己看起來完美無缺，將所有的事都做到盡善盡美。「妳是說，一直以來，我都是完美無缺的？」

「正是如此！妳是整個存在的一部分，而整個存在則是完美地以所謂的不完美的方式運行著。」

「可是，那我的脆弱、敏感、膽小、愛作夢，以及面臨抉擇時的猶豫不決又怎麼說呢？」

「當妳接受妳是誰的事實，而且無條件愛自己的時候，會比較容易改變需要改變的地方。但是有些妳一直認為需要改變的事情，一些妳視之為缺點、敵人的事情，事實上卻是妳忠心

的僕人。妳之所以是妳，乃是由於它們的存在，造就了這個獨一無二、完美的妳，而不是妳之前，或妳之後的人。」巫師說。

公主的心思開始翻騰，這是真的嗎？想起過去這些年來，她不斷地對抗自己，不知幾千幾萬次，她氣自己為何不能改變，不能變得更好。

「那時候，我一直認為自己不夠好，不值得被愛。」她的嘴唇顫抖著。

「我可憐的孩子。」巫師攬住公主的肩，並溫柔地望著她的眼睛。「妳一直都很好，一直都值得被疼愛，不是因為妳說了什麼，也不是因為妳做了什麼，而僅僅是因為妳是整個宇宙的孩子。現在，不要再指責自己，而要讚揚自己。」

她拉著公主的手說：「從現在起，妳要欣賞自己的脆弱，如同欣賞妳最愛的紅玫瑰；妳要欣賞妳的敏感，它為妳打開了一扇門，讓妳擁抱歡愉，因為能夠感受最深傷痛的人，才能夠體會最大的喜悅；妳要欣賞妳的恐懼，因為由於它們的挑戰，使妳得以發展出力量與勇氣，像一位勇敢的騎士般面對戰役；妳要欣賞妳的夢想，因為它們說出了妳內心的渴望，也透露出整個存在在妳身上的計畫。」巫師滔滔不絕地說著，一一點出無可辯駁的真理。

公主覺得自己好像在時空中盡情延伸擴展，她肩膀上的重

擔逐漸減輕飄走，所有的事物都好像有了全新的意義。她思索著她所經歷過的一切，和她所學到的事情，她如何由過去的她成為現在的她，然後她想起過去種種，並且感覺非常快樂。

山谷中的一切事物，突然間看起來完全不同了，明亮的陽光親吻著萬物，樹木變得更蒼翠，湖水變得更藍，花朵的芳香也更加醉人。公主看著松鼠跳躍，蝴蝶翩翩飛舞，聽著野雲雀的甜美歌聲，所有事物又變得清新迷人，如同她第一次所經驗到的一般，突然間，一股濃濃的愛意自她心中升起。

「我從未感到自己如此美麗過，除了我還很小的時候以外。」她說，並試著回想小時候的情景。

「當妳在存在之中尋找美，妳也會開始在妳自己身上見到美。」巫師回答。「如果妳在存在之中尋找美，妳就會發現美；相反的，如果妳尋找的是不完美，妳就會發現不完美。」

就在這時，一個小小的、熟悉的聲音闖入公主的思緒中：「維多利亞。」

「嗯？」

「我是對的。」

「什麼事是對的？」

過了好一會兒，維琪才回答：「我說過，如果妳能夠愛我原本的面貌，那麼，我也能夠愛我自己。」

喜悅的淚水如潮浪般湧上，維多利亞和維琪一起哭了又

笑，笑了又哭，直到她們逐漸淹沒在快樂的淚水中。

這次我們不必再擔心會淹死了，對不對，維多利亞？我們永遠不會淹死，因為我們擁有彼此，而且我們也知道怎樣游泳了，對吧，維多利亞？」維琪快樂地說道。

「一點都沒錯。」

公主感到前所未有的平靜。

「我覺得好平靜，就像回到家的感覺一樣。」

「是的，妳的確已經回到了家。妳已經回到妳遺忘已久的家，回到許多人窮盡一生尋找，卻不知道他們早已身處其中的家。」巫師回答。

「妳說的『家』是指什麼？」

「在真實之境，萬物都屬於一個大家庭，包括兔子、鳥兒、魚、花、星星和妳我。從此刻起，無論妳去哪裡，無論妳身在何處，妳都是在這個家庭裡，因為，無論妳跟誰在一起，都是一家人。」

公主環顧她周遭的美景，她自己也是美的一部分，她感覺到與萬物合而為一的完整。

「親愛的，真理殿堂以及神聖卷軸正等著妳呢。」

「真理殿堂！」公主像從夢中驚醒般驚呼：「我一直沒看到殿堂，它到底在哪兒？」

「就在那座山的山頂上。」巫師指著山谷的另一邊。「妳

一定會喜歡的。」

「妳不跟我一起去嗎？」

「不了，這段旅程妳必須自己走。」

「為什麼？」

「因為唯有如此，妳才能夠聽見來自無限的聲音。」

「來自無限的聲音？那是什麼？」

「我無法解釋，若妳想要知道來自無限的聲音是什麼，妳必須親自體驗。」

「我會再見到妳嗎？」公主依依不捨地問道。

「當然會，親愛的，而且會比妳想像的還快。」巫師回答。她送了一個飛吻給公主，然後消失在一股白色煙霧之中。

帶著輕快的心情，公主開始越過山谷，踏上前往真理殿堂的旅程。她來到山腳下，看到一棵垂柳，在黃昏天色的襯托下，這棵低垂的樹木看起來就像是一座紀念碑。儘管被它自己沉沉的重量壓彎了腰，但是它的枝幹仍然奮力向上伸展，展現出力量與希望。她在樹下站了好一會兒，心中不禁納悶為何自己會對這棵樹如此著迷，最後，她終於了解為什麼了，因為這棵奮力向天空伸展，轉化重擔為優雅與絕美的樹，讓她聯想到自己以及人生。

她把旅行袋丟在一旁，坐在樹下，頭倚著樹幹，閉上眼睛。她完全放鬆，就連腦海中吵雜的思緒也都飄遠了。就在這

時候，她聽見了！來自無限的聲音一點都不像她曾聽過的任何聲音，而像是在她心上的低聲耳語，一開始，公主甚至以為那只是她的想像。

那聲音再次輕柔地訴說，雖然訴說的內容並未讓公主覺得特別，但是它的出現所帶來的感覺卻讓公主驚異不已，讓她感覺極為平靜、安心與踏實。愛，就像一條冬天裡的毛毯，緊緊地裹著她。

「為何你以前從未開口對我說話？」她問道。

「好幾次我試著對妳說話，然而妳卻聽不見。」那聲音回答道。

無數問題開始爭先恐後地湧上公主的腦海。「我有一大堆問題想問你。」她一邊說，一邊覺得有些愚蠢不安，因為她還不確定這是否只是她的自言自語。

「無論妳的問題是什麼，唯一的答案是真理。找到真理，妳就會知道所有妳想知道的事。」那聲音說。

「那麼，愛呢？」

「通往真理的道路，必通往愛。」

公主不放棄地繼續問：「生命的意義在於真理和愛，是吧？」

來自無限的聲音輕輕回答：「生命的意義在於發現生命的意義。」

然後，就像出現時一樣神祕，那聲音又神祕地消失了。

「等等，別走！不要離開我！」公主情急之下大喊，害怕這聲音只要一消失，她剛剛才體驗到的那種被舒適與愛包圍的感覺也將隨之而去。

「如同妳一樣，我也是整個存在的一部分，我在妳之中，妳也在我之中。即使在妳以為我們分開時，我們也永遠在一起。」那聲音再度響起。

長久以來存在於公主心中的大空洞，頓時填滿了滿足、寧靜，與歸屬感。

「你能保證嗎？」

那聲音如同遠方隨風飄來的回聲：「我會永遠在妳身旁，只要召喚我，然後用心聆聽。」

當那聲音終於飄遠時，周遭似乎更寧靜了。

然後公主再度向山頂的真理殿堂出發，她的心因充滿期待而劇烈跳動，她的旅行袋也快樂地在她身邊擺盪著。

真理殿堂

　　當公主攀上山腰時，時間似乎過得飛快。她心中充滿了好奇，不知道神聖卷軸會揭開什麼祕密，此外，也不知道她即將看到的真理殿堂是什麼樣子。然而，當她終於到達時，她才發現，即使她想像力再豐富，也想像不到如她眼前這般美麗壯觀的真理殿堂。

　　她站在上午溫暖的陽光下，盯著面前兩扇高大的白色鑄鐵大門上的精細花紋。出乎她意料之外，大門是開著的，好像邀請她進入裡頭那棟聳立的宏偉建築。白色的雕刻石柱、寬闊而優雅的階梯，以及在陽光下閃爍的玻璃門，公主所見過最富麗堂皇的宮殿，也比不上真理殿堂的美麗。整個中庭鋪滿了連綿的茵茵綠草，花床上也綻放著各色鮮花，將整個殿堂包圍在五彩的光環中。

　　她深吸了一口氣，然後踩著心形花崗岩踏腳石，信步跨越中庭，微風輕柔地吹著天空裡蓬鬆的白雲。

　　過了一會兒，她聽見許多竊竊私語在她四周響起：「長大吧……長大吧……長大吧……」那些聲音好似在對每一株小草、每一棵樹和每一朵花輕聲耳語，充滿了鼓勵。公主馬上辨

認出那些聲音其實都是一個聲音——來自無限的聲音。

萬物都在陽光下隨著宇宙脈動的節奏搖晃。就在那一刻，公主深深地體會到，醫生、巫師和來自無限的聲音要說的都是同一件事情，都是關於真理、關於存在以及關於她是誰。

當她走近真理殿堂，發現大門是敞開的，「就是這裡了。」她輕輕對自己說，然後走了進去，她的心則因為興奮而狂跳不已。

大廳的正中央矗立著一座三層高、由白石砌成的噴水池，晶瑩剔透的水柱傾瀉而下，發出悅耳的聲音。公主緩緩走動，感覺自己的身體和奔騰的水柱輕輕起著共鳴。

當她走到大廳的另一頭時，她看到一個大房間，向內探頭一望，視線所及令她屏住呼吸；那是一個由玻璃與磨亮的白石相間組成的圓頂大廳，大廳的另一頭擺著一個平臺，平臺上放置著一張寶座，而寶座上則平整地覆蓋著一件國王的絲絨皇袍。寶座的兩旁各安置著一個雪花石臺座，臺座上各有一個精雕細琢的水晶花瓶，裡頭插滿了長莖紅玫瑰。中庭裡花草的鮮紅嫩綠透過玻璃窗格，將鮮豔的色彩整個潑灑在大廳中，明亮的陽光更是一束束穿透巨大的玻璃圓頂照射下來。

公主滿懷敬畏之情，走進房間，「你好。」她喊道。心裡納悶不知是誰在管理這裡，應該有人在才對。

「你好。」她又喊了一次。

222

公主向前走

得不到任何回音的公主不知道接下來該怎麼辦，於是她慢慢蹓躂到寶座前，踏上平臺，很自然地就走到其中一瓶玫瑰花前，彎下身來深吸一口氣。每當經過玫瑰花時，她總是不忘停下來聞聞它們的香味。

她放下旅行袋，用手輕輕撫摸寶座上的絲絨布套，「有人在嗎？」她再一次地呼喊，心想，這不知道這是誰的寶座，然而，四下靜默，還是沒有任何回音。公主突然覺得長途跋涉的疲勞一下子全湧了上來，她在寶座上坐下來，整個身子深深地陷入絲布套內，她由衷希望寶座的主人不會介意。那種感覺讓她好像又回到小時候，國王緊擁著她，將她裹在他的袍子裡，他的胸膛因驕傲而更英挺。她細細思量從那時開始的歷程，她發現真是一段漫長而艱辛的路途，但也是那一段路途帶領她來到這裡，她很高興自己走了這一段旅程。然後，她突然想到自己還沒見到神聖卷軸，她用眼睛掃過房間四周，然而就是不見其蹤跡。

突然間，一隻青鳥不知從哪兒飛來，停在她的肩上。她嚇了一跳，心裡納悶著：牠到底是從哪兒來的？已經好久好久沒有鳥兒停棲在她的肩上了，這感覺真好！她將手指伸到鳥兒面前，鳥兒輕巧地躍上她的手指，她把手放下來，仔細地瞧著小鳥的臉和圓滾滾的身體。

「嘿，我認得你！你就是那一隻從我的廚房窗戶飛進來，

掉進開心果泥的青鳥！」她高興地尖叫著。

青鳥的眼中似乎也閃爍著久別重逢的光芒，然後開始唱出活潑的曲調。

突然間，大廳裡響起五弦琴的樂聲，合著青鳥的歌聲。公主從寶座上一躍而起，而青鳥仍安然地棲在她的指尖。

「醫生！哦，醫生，我好高興能見到你！」她大喊著。「你怎麼會在這裡？」

「我跟著幸福的青鳥一起來。」貓頭鷹一邊回答，手上仍不停撥弄著琴弦。

「你是說這隻鳥是幸福的青鳥？」公主驚訝地看著在她指尖高歌的小東西。她再次地望著牠的眼睛。「難怪每當你出現時，我總是感到特別愉快，小東西。我想，一個人在自己家的後院就可以尋找到幸福了。當然了，在我的例子裡，是自家的廚房。」公主咯咯地笑著說。

「真正的幸福不是來自於後院或廚房，也不是來自小鳥，就算它是一隻青鳥。幸福也不是來自於看起來比你家草坪還綠的鄰家草坪，只有當一個人確實了解事物的真相時，幸福才會從內心深處自然湧現。」

「你是說幸福並不是由這隻青鳥帶來的？」

「青鳥只是來和妳一起慶祝妳的幸福，迷人的王子也是如此，他並不負責帶給妳幸福。」

公主一邊聆聽和諧的音樂，一邊仔細思索醫生的話。

「你們合奏的音樂真是美妙，王子和我也曾共譜過美妙的音樂，哦，我多麼希望重溫舊夢！」

「妳的願望總有一天會實現的，不過，首先我們還有別的事要做。」

「是關於神聖卷軸嗎？我到處都找遍了，就是沒有發現，負責管理這裡的人一定知道！」

「我們就是負責管理這裡的人。」

「那麼，那張寶座是誰的？」

「是妳的，公主。」醫生回答。

突然間，一大股白色煙霧自地面冒出，煙霧中，一個生氣勃勃的銀髮人影拚命揮手，想要將煙霧清掉。

「希望我沒有遲到！我可不想錯過任何事。」巫師愉快地喊著。

「我們都知道妳從來不會錯過任何事。」醫生開玩笑地朝她眨眨眼。

「亨利，見到你真好。還有妳，親愛的。」她對公主說道。「真高興看到妳成功抵達，我始終相信妳一定辦得到。」她又轉向貓頭鷹問道：「一切都準備好了嗎，亨利？」

「準備好什麼？」公主好奇地問道。

「她還不曉得呢！」醫生向巫師耳語。

「曉得什麼？」公主更好奇了。

「曉得我們計畫為妳舉行一個畢業典禮。」醫生回答。

「為我舉行？真的嗎？到時候我就可以看到神聖卷軸了嗎？」公主有如孩子般的歡愉。

在醫生還沒來得及回答以前，一群鳥兒飛進房間，圍繞著公主吵雜地啁啾著，有些還停棲在她的肩膀及手臂上。

「我的小鳥朋友們！」她認出這些鳥兒正是過去的那些老朋友。

她一隻一隻地用手指輕撫著這些鳥兒的頭，而牠們也回以舒服的咕咕聲。「真高興能再見到你們，我真的好想念大家。」她對鳥兒說道。

當公主終於輕撫完最後一隻鳥兒的頭時，巫師開口說話了，她說：「公主，請妳坐上寶座，各位來賓也請就座，畢業典禮就要開始了。」

鳥兒們很快地面向寶座，圍成一個小小的半圓形，巫師則走到寶座旁就定位。

當公主在鋪了絲絨的寶座上端坐好時，一隻鴿子飛了進來，將牠啣著的兩封信簡交給醫生。

鳥兒們又開始交頭接耳地啁啾不已，在一片吵雜聲中，公主問道：「那是什麼？」

「這是給妳的飛鴿傳書，妳要看看嗎？」醫生回答道。他

一邊問，一邊將信遞給公主。

「不，你來念好了，這樣大家都可以聽到。」

當醫生打開第一個信封時，現場一片安靜，他清清喉嚨，開始大聲念出來：

真希望我今天也能在場，但是大家都知道，我不能。希望妳的幸福如海一般的深，如天空一般的高，我的精神永遠與妳同在。

愛妳的桃莉

「桃莉人真好。」公主說道，鳥兒們也紛紛鳴叫以示贊同，醫生和巫師也說他們認為信上流露出桃莉豐富的情感，聽起來正像她一向的作風。然後，醫生又打開第二封信，念道：

恭喜妳。很高興聽到妳並沒有虛度妳的時間，希望妳能雕刻出一個美麗的人生。

醫生很快地看了公主一眼，然後又回到信上，說：「上頭的署名是『妳最好的』，可是塗掉了，然後底下又寫著『妳最真誠的』，不過也劃掉了，然後在最下面寫著『嘻，管他的，愛妳的削木手威利·勃根地』。」

公主咯咯地笑說：「他真是可愛！」

醫生也開心地笑著說威利的信很好玩，鳥兒們也很熱烈，又是鼓譟，又是搧翅地附和醫生，巫師更覺得這一切真是有趣。

當所有的談笑聲、鼓譟聲漸漸平息下來，醫生開始以典禮司儀的口吻宣布：「今天我們齊聚一堂來讚揚妳，公主。讚揚妳尋找真理的力量、勇氣以及決心。」

力量、勇氣以及決心……公主笑了起來，是的，醫生說的一點沒錯，在她一生中，她從未像現在一樣，感覺如此堅強、勇敢與堅決。

「妳通過了刮著暴風雨的海洋、深陷的沙地以及陡峭的高山，還有濃密的迷霧。」醫生繼續說著。「妳曾經跌倒，也曾墜落，但妳總是爬起來，繼續前進。為了尋求真理，妳忍受折磨，不過妳所尋求的真理將會治癒妳，並且帶來妳熱切渴望的安詳與愛。」

他停下來，一本正經地調整聽診器的位置，然後繼續說道：「由於妳的努力，妳今天才有資格站在真理的殿堂，親手接受神聖卷軸。」

「我沒看到神聖卷軸啊。」公主緊張地向巫師耳語。

「別擔心，所有的事情都會在應該發生的時候發生。」巫師也輕聲地回答道。

愛的神聖卷軸

　　一片靜默籠罩著殿堂，公主的心臟重重地擊打她的胸腔，她覺得每個人一定都聽得到她劃破寧靜的心跳聲。

　　巫師轉身面對寶座背面的石牆，高高地舉起雙手。一道白煙陡然冒出。

　　不多久，石牆中傳出巨大的隆隆聲，震動了整個大廳，公主緊張地靠上前去，兩手緊抓著寶座的扶手。突然間，牆壁裂了開來，露出一個點綴著珠寶的祭壇，上面安置著一個看起來相當脆弱的古老羊皮紙卷軸，上頭有還貼有金色封印。

　　巫師從祭壇上取下卷軸交給公主，她像是捧著易碎的瓷器般，小心翼翼地接過來，揭開封印。「這一刻我等好久了。」她微微顫抖地說。

　　「妳所做的並不只是等待而已。得到神聖卷軸是妳努力爭取來的榮耀。」巫師提醒公主。

　　公主全身顫抖不已，她打開卷軸，卷軸上頭的字跡讓她想起「公主情感與儀態的皇室規章」，「要我大聲念出來嗎？」她問道。

　　「是的，親愛的，請妳大聲念出來。」巫師一邊回答，一

邊忙著戴上從袋子中翻出來的眼鏡。

公主緩緩地深呼吸，好讓自己鎮定下來，然後，她開始大聲念道：「第一部神聖卷軸。」

「第一部？不是只有一部神聖卷軸嗎？我沒看到其他的呀！」公主從羊皮紙中抬起頭來。

「我們暫且先不討論這個。」巫師說。

「我希望這不會是我想的那樣。」公主回答道。她看看醫生，然後再看看巫師，最後又將視線轉回醫生，然後繼續念道：

第一部神聖卷軸
我們所擁有的真理應該都是不言自明的
雖然我們往往並非如此

1
首先，也是最重要的是，我們都是宇宙的孩子，不管哪一方面都是完整、美麗而完美的，因為我們原本的面貌就是那整體的存在所冀望的。因此，被愛與被尊重是我們與生俱來應享的權利；不接受任何不尊重與無愛的對待，則是我們的義務。

「我永遠不會再默默忍受不尊重與無愛的對待了。」公主

看著醫生與巫師說道，他們也都點頭表示贊同。「早該將這一條擺在『公主情感與儀態的皇室規章』裡，伴我一起成長。」她垂下視線，繼續念道：

2

如同一滴水珠可以見海洋，每一個人也包含著人類整體的生命。如同海水的漲落，我們也隨著生命的浪潮漲落，體會到唯一不變的，就是變動本身。並且堅信所有事物本來就該是如此，即使有時候我們不知道為什麼。

「讀到跟海洋有關的文字讓我想起桃莉。她教導我關於海洋的一切，包括如何放鬆並順水漂流，而不是與之抗爭。我真希望她現在也在場，她一定也會喜歡這一段文字的！」公主說。

3

軟弱的臂彎中孕育的，是亟欲突破的力量；快樂則藏在苦痛的掌握中，等待出現的契機；橫臥在險阻重重路上的，是機會；它們都是生命中的導師，對於它們帶來的教導，我們應該心存感激。

一絲頓悟的神色掠過公主臉龐，「我從未想過王子帶給我的傷痛會是我的導師，不過，我想我之所以會學習到這一切，全都是它的緣故。」

「要記住，有時候一個人得到的最大領悟，是來自於他最深的苦痛。」醫生回答。

公主嘆了口氣，然後繼續往下念：

4

我們都是一個偉大設計的一部分，萬事萬物在這設計中都占有一個適當的位置，以及存在的理由。

當公主繼續念時，她的手腳開始感到刺痛，一股溫暖的感覺也自胸中升起，她以前從來沒有過這種感覺。

巫師將手放在公主的肩上說：「沒問題的，親愛的，妳現在所感覺到的不過是妳現在心中的想法與信念的結果呈現。」巫師竟然在她還沒說出來的情況下，就已經知道她現在的感覺，對此，公主感覺有點怪怪的。為了驅散這怪異的感覺，她再次將注意力放回卷軸上：

5

經驗往往不能代表真理，因為我們的眼睛總是為它染上一

層色彩，唯有當我們的心靜默時，我們才能夠聆聽到真理。那如同耳語一般在我們心上訴說的微小聲音，是造物主試著喚醒我們的聲音，要我們知曉我們是誰、我們天生注定的樣子，以及其實我們早已知曉的一切。

　　公主憶起當來自無限的輕聲細語向她傾吐心語時，她所感受到的一切。她手上的刺痛逐漸從頭頂蔓延到腳趾，而胸中的暖意也開始擴散到全身。她把手覆在嘴上，輕聲對巫師說：「對不起，可是我現在真的感覺很怪異，我不明白為什麼會這樣。卷軸上的文字是很美，但是聽起來卻又是那麼簡單無奇——我是說，這些事情我早已知道了。」

　　「光是知道真理還不夠。妳必須感覺到它成為妳的一部分，它才能夠發揮出神奇的力量。」巫師也輕聲對她說。

　　「這就是此刻正發生在我身上的事情嗎？真理已經變成我的一部分了嗎？」

　　「真理一直都是妳的一部分，只不過妳自己不知道罷了。」

　　「當我懂得更多一些之後，是不是就可以像妳一樣變出白煙來？」公主帶著少女般的歡愉問道。

　　「沒有白煙會冒出來的，親愛的。不過，神奇的事情將會發生。妳很快就會知道我說的是什麼意思。現在，讓我們繼續吧！」

6

　　每一個新的時刻都充滿了嶄新的可能性，每一天都是一顆甜美的李，等待著被擷取。我們應時時收穫並分享豐碩的成果，不要虛度每一個當下。因為今日的一切，很快就會變成過去。

　　「雖然今日的一切跟昨日的一切都是同一個東西。」巫師突然打了個岔。公主停下來，困窘地看著她。

　　「對不起，我不是故意要打斷妳的。無論如何，這是我們改天才會談到的主題，請繼續念吧，親愛的。」巫師抱歉地說。

7

　　當我們行走在真理之路上時，我們時時感覺到我們自己以及其他人、其他事物的美麗無瑕。我們所選擇的道路，是一條溫柔、仁慈、熱情、包容與欣賞的道路。我們的精神將被這些美麗的特質充滿，這充滿的精神才能創造出我們心裡的愛，而我們心裡的愛也才能創造出我們生命中的愛。

8

　　當我們行走在真理之路上時，我們必須時時提醒自己，真

正重要的東西在心裡，而非在我們眼前或身後，因為我們心中的東西是最珍貴的寶藏，即宇宙本身的華麗壯觀。

　　整個大廳一片靜默，沒有一聲鳥鳴或一句笑語。一股強大的能量貫穿公主全身，而那股暖意也開始向外擴張，直到大廳中的每一個人都被籠罩其中，並且延展到外面的花園及天空。她感到如酒醉般的飄飄然，然而同時又經驗到前所未有的清醒澄澈。

　　剎時之間，公主了解到為什麼神聖卷軸影響她如此之鉅。她低頭看看手中的羊皮紙卷軸，然後再抬頭看看醫生、巫師，以及那一大群鳥兒們，牠們也都回以熱切期待的眼光。

　　「從現在起，這就是我新的皇室規章。」她宣稱道。

　　當她語音剛落，一股白色煙霧突然冒出，包圍住她。當煙霧消散時，她手上的卷軸已然消失無蹤，取而代之的是一面可愛的水晶小鏡子，上頭還雕刻著小巧的玫瑰花。「卷軸到哪兒去了？我想要永遠保留卷軸呀！」她驚惶地問道。

　　「別擔心，在我這裡。」巫師揚起手中的卷軸回答道。然後，她又催促公主：「看看鏡子裡面，親愛的。」

　　「可是，我只會在鏡子裡看到我自己啊，要我看什麼呢？」

　　「快點，公主，快點照鏡子吧！」醫生也因她身上發出越

來越強烈的光芒而興奮不已。

公主終於順從地望著鏡子，她看見鏡子裡自己琥珀色大眼睛中，閃耀著她從未見過的光芒，這光芒如此耀眼，甚至勝過她鍾愛的王子眼中一度擁有的光芒。

維琪的聲音突然響起，劃破四周的寧靜。她問：「這光芒只為我們而閃耀嗎，維多利亞？」

「是的。」她一邊回答，一邊更仔細地望著鏡子，並且心中了然這一切都是真的。

「這一次，再也沒有人能夠把這光芒搶走。永遠不會！」維琪興奮地喊著。維多利亞不禁對她感到一陣憐愛。

公主快樂而全心全意地以雙臂緊緊環抱住自己的身體。

在這一片愉悅的紛擾中，維琪又說話了，她說：「維多利亞，我必須問妳一個非常、非常重要的問題。」

「什麼問題，維琪？」維多利亞一邊問，一邊用巫師遞過來的手帕擦拭臉頰上的喜悅淚水。

「無論順境或逆境，無論健康或病痛，還有其他種種情況，妳願意永遠愛我、珍惜我嗎？」

「我願意。我發誓我會永遠照顧妳、傾聽妳，並試著了解妳。」維多利亞回答。

「妳願意盡一切力量保護我，不再讓我受到傷害嗎？」

「我無法保證能夠做到這一點，但是我保證，當妳需要我

時，我一定陪在妳身邊，做妳最好的朋友。」

「妳發誓？」

「是的，維琪，我發誓。」維多利亞回答。她將鏡子放下，並用手在她胸口比劃著十字：「我發誓，否則甘心受罰，不得好死。」

維多利亞有點害羞地抬起頭來，她知道她和維琪的這段對話聽起來一定很傻氣，但是她卻看見巫師以鼓勵的眼光對她微笑。

維多利亞做了一個深呼吸，清清喉嚨，然後問：「維琪，妳願意永遠做我好奇與天真的來源，以及帶領我走向快樂的橋樑嗎？」

「我願意！」

「妳願意以妳的笑聲、淚水和甜美歌聲來豐富我的人生嗎？」

「我願意！我願意！」

維多利亞從水晶花瓶中抽出一朵玫瑰花，充滿愛意地遞出花朵：「送給妳，維琪。這是我們愛情的象徵。」

「這也是給妳的，維多利亞。這是我們送給我們自己的花，而且並不是因為別人不再送我們花，所以我們才自己送給自己。」

公主雀躍不已。「我從來不知道，即使沒有王子，我還能

愛的神聖卷軸

夠這麼快樂！妳說得對，當你感覺到真理成為你的一部分時，神奇的事果真發生了！」她對巫師說。

她揮舞著鮮花，優雅地旋轉、俯身、向上伸展，跳著來自她內心深處的靈魂之舞。這一刻，她完全不知道一個燦爛奪目的光環正環繞著她！

鳥兒們開始上下跳躍、鼓翅飛翔並高聲歌唱，醫生也加入鳥兒們的行列，大聲歌唱並拍翅跳躍。巫師也開懷大笑，並加入大夥兒的嬉戲。

這場歡樂慶祝進行到一半時，公主突然想起她的童話故事，並一下子陷入困惑的情緒中。她回頭叫住醫生：「當我剛要開始這段旅程時，你不是告訴過我，只要我來到真理殿堂，我就可以實現我的童話故事？」

「妳已經開始朝這條路前進了，公主。因為一個人必須先愛自己，才能真正去愛別人。」他回答道。

「可是在童話故事中，不都應該有個王子嗎？」

「如果是那種小孩子聽的床邊故事，是的，在故事裡頭都有個王子；然而，現實生活的童話故事，不管有沒有王子在裡頭，都應該從此幸福地生活著。」

公主仔細思索為何她一生都在尋找一個王子，事實上，若沒有一個王子在身邊，她便覺得自己什麼都不是。她需要一個王子來愛她，她需要他眼中的光芒來讓她覺得自己是幸福、美

麗、獨特而值得被愛的。然而這一切只證明了一個人能夠謬誤到什麼程度，她心想。她現在仍然希望有一個王子相伴，但是她知道，他不再是她生命的全部，而且無論最終有沒有王子相伴，她對自己的愛已經足以讓她自己幸福快樂。

「你曾經說我的童話故事會實現，只不過可能和我原先所預期的不同。我現在開始有點了解你的意思了。」

她在寶座上坐下，雙手撐住臉頰，微傾著頭說：「可是我還是想要一個王子，當他凝視著我的眼睛時，能讓我心跳加速、雙膝發軟。」

「這是一個浪漫的想法，但是，如果妳要找到真正的迷人王子，不能只是凝視一個陌生人的眼睛，然後便覺得他就是妳的真命天子。」

「那麼，我該如何判斷呢？」

「妳應該判別他人格是否純潔，情感是否豐足。」

「你的意思是，他應該就像神聖卷軸上所說充滿包容、仁慈以及熱情？」

「是的。不僅對其他人，同時也對自己展現這些特質，因為一個人對待他人的方式與對待自己的方式是一致的，不是充滿親切包容，就是充滿嚴厲與排斥。」醫生回答。

「這就是關於真愛的祕密嗎？」公主問道。

「嗯，這是一部分祕密。另一部分則是真心喜歡。」醫生

回答。

「真心喜歡？」

「對，因為一個人無法去愛他不喜歡的人。換句話說，真心喜歡的意思是，喜歡那個人真正的面貌，而非妳希望或需要他做的樣子。」

公主努力思索了一陣子，然後熱切地問：「還有其他的祕密嗎？」

「是的，還有很多。比如說，信任、分享、成為彼此最好的朋友。真愛意謂著自由與成長，而非掌握與限制。同時，它意謂著寧靜與安全，而非騷動與恐懼。」醫生越說越快。「它意謂著了解、忠誠、鼓勵、奉獻與連結，還有，呃，公主，對妳來說，非常重要的部分，就是尊重。因為當一個人不受尊重時，他心中必然會產生痛苦，那是一種深沉的不安、挫敗與神經耗弱，而這種感覺並不屬於真愛之美。」

「我太清楚這種感覺了，從現在起，我要照卷軸上所說的，不接受任何不尊重的對待。但是，即使是真愛，一定也會遭遇到困難。我是說，有時候當人生氣的時候，會說一些不該說的話……」

「沒錯，但是也許妳會對另一個人所說的話或做的事生氣，卻不會因此而減損妳對他的喜歡，或者開始待他不好。真愛意謂著接受任何相左的意見，將對方視為朋友、伙伴，而不

是競爭對手，因為真愛不是競賽鬥爭，也無關輸贏。」醫生越說越大聲，聲音也更加低沉了。他挺直地站立著，鼓起的胸膛像一隻驕傲的孔雀。「真愛永不貶損、攻擊、苛待或橫暴；真愛使得家成為人們的堡壘，而非牢獄；真愛……」

「醫生……醫生。」巫師在一旁喊道。

貓頭鷹這才止住高談闊論，用翅膀摀住嘴說：「哦，我想我講得有點入神了。對不起，每當我講到我最喜歡的主題時，往往會如此。」

「沒有關係的，醫生，這也是我最喜歡的主題。」公主回答。然後她深深地嘆了一口氣，說：「真好笑，我一生中一直夢想能找到真愛，但我現在才了解，我甚至連真愛是什麼都不知道。」

「這也就是為什麼妳一直找不到真愛。除非一個人真正了解他所尋求的東西，否則他永遠無法得到他所尋求的。」

她靜靜坐著，眼中充滿淚水。過了好久，她終於說：「我的童話故事使我一直堅信過去那一段關係就是真愛。」她不安地在座位上挪動。「我耽溺於童話故事而不顧現實的嚴酷，我只是一直等待並希望我的童話故事實現。」

「過去是過去，現在是現在；妳的童話故事還是能夠實現的，只要它是恰當的。」

公主想起卷軸上關於充滿美麗特質的心智的論點，以及心

中有愛才能創造出生命中的愛，她不禁想像自己未來的情景。

「真愛聽起來比我夢想的還好，除了沒有心跳加速和膝蓋發軟那一部分。關於這一點，我覺得有點沮喪，哦，事實上，我簡直就是鬱悶到了極點！」

醫生笑了，他說：「我可沒說過當妳找到真愛時，妳不會心中小鹿亂撞，或者膝蓋軟得像果凍；只不過，要選擇一個值得愛的王子，可不能只憑感官的衝動，因為這會使妳看不到其他重要的路標。」

公主紅著臉，試著壓抑住笑，然後她又靜默了下來，醫生、巫師和鳥兒們則耐心地等待。

最後，她終於開口了，她的聲音激動地微微顫抖：「從現在起，我擁有一個新的童話故事了，這是一個不一樣的、更好的童話故事。那就是，我將從此幸福地生活，並和一位生活幸福的王子一起找到真愛，然後一起歡慶屬於我們的幸福。」

「妳終於走到這一步了，公主。妳曾經為了想要得到快樂才去愛，但是妳現在則可以在感覺到快樂的同時才選擇去愛。」醫生說。

「我和我的王子能夠完美地和諧生活嗎？」公主用手撐住雙頰，作夢般地問道。

「你們將在不完美中完美地生活。」

她心想，她都可以猜到答案會是這樣。她又問：「我們的

心跳會合而為一嗎？」

「不會，但是你們的心將一起跳動，感覺就像同一顆心。」

「哦，那聽起來太棒了！可是，世界如此遼闊，我不知道該如何尋找他。」

「不必擔心，親愛的。」巫師說道。「還有很多事妳不知道，然而，時機成熟時，妳就會知道。」

「哦，不會吧？」公主跌坐回寶座，她喊著：「當我看到神聖卷軸上寫著『第一部』時，我就有一種感覺……」

「沒錯，真理的旅程沒有盡頭。」醫生回答道。

「我還以為我可以就此告別艱苦的攀爬、惱人的坑洞、腳下滾動的石子，也不會再擔心撞上巨石了，難道這不就是這個畢業典禮的意義嗎？」

「正好相反，畢業典禮意謂著開始。」

「我實在很不想問，但這意謂著什麼的開始？」公主擔憂地問道。

「實際運用妳學來的知識，因為學習真理很重要的一點，就是在生活中實踐。」

公主盯著座位下的柔軟絲絨，用手指不斷搓揉著。

「怎麼了？」醫生問道。

「我想，大概是我已經走得這麼遠了，如今卻發現還有更

遠的路要走。」

「是嗎，那麼妳要走到哪兒呢？」

「我不知道。我想，是某個讓我感覺到我早該去的地方。」

「生命極大的部分是過程，目的往往只是一瞬間；只要妳一到達某個妳認為應該去的目的地，妳自然而然就會覺得必須再去別的地方。其實，所有的旅程都是一個探險，一個啟蒙的探險。高興點吧，公主，精采的才正要開始呢！」

突然間，公主聽見不知從哪兒傳來的微弱樂聲，她豎起耳朵細聽，想找出來源；最後，她狐疑的眼光落在寶座旁地上的旅行袋。

「把它拿出來吧，親愛的。」巫師鼓勵地說。

當公主一打開旅行袋，長笛獨奏〈我的王子將會到來〉的輕脆樂音立刻流瀉而出。公主困惑地將手伸進旅行袋中，取出她的小音樂盒；但是，當她拿出來一看，卻發現那已不是她原來的音樂盒了！這個音樂盒上頭，只剩下一個跟她極為相像的小人偶，隨著音樂搖擺，優雅地旋轉、俯身、向上伸展，跳著彷彿來自心靈深處的生動舞蹈。

突然間，另一支長笛加入了原先的獨奏，然後一支短笛的樂音也跟著響起；那小人偶旋轉、俯身與伸展的幅度也隨之變大，彷彿完全融入周遭的大合奏中。當豎笛隨後加入時，整

個音樂變得更宏亮飽滿，小人偶更好像活了起來一般，狂歡縱情，在音樂盒頂端一圈又一圈跳著華爾滋。

「這到底是怎麼了？」公主驚異地問道，心想這一定又是巫師慣用的惡作劇手法。但是巫師的臉上卻呈現喜滋滋的神色，她只說：「妳繼續看下去就是了，親愛的。」

當小提琴的聲音一響起，整個音樂變得更加豐富而甜美，公主也完全陶醉在小人偶的熱情舞姿中。這時音樂越來越強烈，越來越豐富，公主只覺得音樂像在她體內不斷膨脹，直到最後人和音樂合而為一，她睜大了眼睛望著巫師。

「還沒結束呢，精采的還在後頭。」巫師提高了聲音，試著蓋過交響樂聲。

公主更加驚奇了：「精采的？還有什麼會比現在更精采？」

「妳會看到的，繼續看吧！」

當她再回頭看那音樂盒時，大吃一驚，不知何時，小公主人偶已經倚在英俊王子人偶的臂彎中起舞，只見他們和諧無間地跳著動人的舞蹈。此時，大提琴加入合奏，交響樂的規模繼續擴充，小人偶也越轉越快，而隨著更多樂器加入，音樂也更加豐富、充實而強烈，直到整個大廳迴盪著定音鼓的震撼聲響，玻璃也隨著鐃鈸而共鳴震動。最後，這一對小人偶終於不可遏抑地笑倒在彼此的懷抱中。

公主目瞪口呆地回頭看著巫師，巫師則是驕傲地抬頭挺胸，顯然非常得意於自己的傑作。「這是一個小小的畢業禮物，提醒妳新的童話故事就要開始。」她說。

公主興奮地跳起來，緊緊抱住音樂盒，喊道：「我愛死它了！我會一次又一次地聽，好讓它隨時提醒我，自己是完整的；提醒我心中的愛創造生命中的愛；提醒我每一事物都會在適當時機，呈現出應有的面貌。」她侃侃而談，好像早已明白這些真理。

巫師對公主的回答非常滿意，她說：「妳把功課學得很好，親愛的。」

「謝謝妳。」公主回答道，她臉上充滿了驕傲的光彩。「我現在只要實際運用在生活中了。」

「沒錯！」巫師說道。

「沒錯！」醫生也開心地附和。

「然後，我將……完美地……」

「完美地什麼？」巫師疑惑地問道。

「完美地什麼？」醫生也關切地問。

可是公主一句話也沒說，現場除了小鳥們的竊竊私語外，別無其他聲響。公主抬抬眉毛，硬是把一個浮上唇角的微笑壓抑了下來。

最後，她終於開口了：「我將像其他完美的不完美公主，

完美地在生活中實踐真理！」她說完後，再也忍不住地哈哈大笑起來。

醫生和巫師也跟著大笑，鳥兒們則用吱喳叫聲和拍翅跳躍來表達愉悅之情，把公主包圍在一個歡愉的圈圈裡。

過了一會兒，巫師開口了，她說：「妳離開的時候到了。」

「現在嗎？可是我正玩得開心呢。」

「是的，親愛的，就是現在。」巫師回答。

「可是，我該往哪兒去呢？」公主問道，同時想起當她第一次離開王子，出發前往真理之路時，她也問過同樣的問題。然後，她了解到，雖然此刻她心跳劇烈，就像很久以前的那一天一樣，但是她知道，這一次她的興奮更甚於恐懼。

「妳將繼續未竟的真理之路。在山的那一頭，還有新的探險正等著妳。」醫生回答。

「那是一個啟蒙的探險，對吧，醫生？」

「是的，公主。前方總是有新的道路等妳開拓，新的歌曲等妳高唱。喔，這提醒了我，我們還有一個戶外送別音樂會。」

「聽起來很棒！」公主回答道，拾起旅行袋，將音樂盒放回袋子裡，然後拿起醫生放在臺座上的飛鴿傳書，連同巫師遞給她的神聖卷軸也一起小心翼翼地放入袋中。

「我可以拿走這個嗎?」她指著鏡子問道。

「當然可以,這是我特地為妳準備的,親愛的。妳看,上頭還刻有玫瑰花紋呢!」巫師回答。

於是公主拿起鏡子,將它和玻璃鞋一起包裹在軟呢圍巾裡,然後繫上袋子。她挽著巫師的手穿越大廳,醫生則隨著她們的步伐在她們身邊飛翔,鳥兒們也跟在後頭快樂地穿梭翱翔。他們一起穿過走廊,越過中庭,最後走出白色鑄鐵大門,來到午後的陽光下。

「謝謝你們為我所做的一切!」公主丟下旅行袋,緊緊抱住醫生跟巫師,久久不肯放手。「我會再見到你們嗎?」公主滿懷希望地問。可是在他們回答以前,她自己又搶著開口。「我知道了!」她想起桃莉給她的臨別贈言:「妳的回憶將永存心中。」

醫生從他的黑袋子裡拿出他的草帽和五弦琴,他將草帽往頭上一戴,然後開始自彈自唱:

當妳旅行他方,無論身處何鄉,

妳的心永遠知曉:童話故事果能成真。

當醫生開口唱歌時,鳥兒們也加入了歡唱的行列,公主靜靜地聽了一會兒,很快又再次地擁抱醫生和巫師,然後俯身拾

公主向前走

起旅行袋，溫柔地看著她面前可愛的朋友們。她想要永遠記住這一刻，特別是他們各自的樣子，和自己此刻的感覺。

「繼續彈奏音樂，不要停止。」公主用她最甜美悅耳的聲音說道。

「從現在起，能不能繼續這段音樂，全都看妳了，公主。」醫生一邊回答，一邊拍動翅膀高高飛起。「去實踐妳的最高真理吧！公主。」

「我會的。」公主堅定地回答，她身上美麗的光環變得更加明亮耀眼。

她轉身朝山下走去，每走一步，對未來新生活的興奮、激動就增加一分。然而，她心裡仍有一絲淡淡的愁緒——不知道何時才能再見到她摯愛的朋友。於是，她停下腳步，轉過頭去，想要向他們做最後的道別。

然而令她大吃一驚的是，所有人跟所有東西全都不見了！包括殿堂、醫生、巫師和鳥兒們全都消失了！怎麼會呢？她不敢置信地揉揉眼睛，再睜開一看，所有的一切真的都消失無蹤了。她深深吸了一口氣，然後再一口，漸漸的，她聽見一個遙遠而熟悉的微弱聲音在山谷之間迴響，她豎起耳朵傾聽。

「相信……相信……相信……」那聲音如此訴說著。

就在這時候，不知從哪兒傳來另一個新版本的醫生的歌曲〈童話故事果能成真〉，聲音極其微弱。一開始公主感到很迷

公主向前走

惑，過了一陣子，卻如同被閃電擊中一般，公主突然領悟到：
那音樂來自她自己的心中！

　　她的唇上浮現一抹微笑，踩著輕快的腳步和心裡那首歌，
朝向閃爍著千種色彩的夕陽走去。

　　──故事開始──

國家圖書館出版品預行編目資料

公主向前走【燙金珍藏版】／瑪希亞·葛芮（Marcia Grad）作；
葉彥君 譯. -- 增訂初版. -- 臺北市：方智，2017.09
　　256面；14.8×20.8公分 --（自信人生；144）
　　譯自：The princess who believed in fairy tales
　　ISBN 978-986-175-470-3（平裝）

874.57　　　　　　　　　　　　　　　　106012729

www.booklife.com.tw　　　　　　　　reader@mail.eurasian.com.tw

自信人生　144

公主向前走【燙金珍藏版】

作　　者／瑪希亞·葛芮（Marcia Grad）
譯　　者／葉彥君
發 行 人／簡志忠
出 版 者／方智出版社股份有限公司
地　　址／台北市南京東路四段50號6樓之1
電　　話／（02）2579-6600·2579-8800·2570-3939
傳　　真／（02）2579-0338·2577-3220·2570-3636
總 編 輯／陳秋月
資深主編／賴良珠
責任編輯／鍾瑩貞
校　　對／鍾瑩貞·賴良珠
美術編輯／李家宜
行銷企畫／陳姵蒨·陳禹伶
印務統籌／劉鳳剛·高榮祥
監　　印／高榮祥
排　　版／杜易蓉
經 銷 商／叩應股份有限公司
郵撥帳號／18707239
法律顧問／圓神出版事業機構法律顧問　蕭雄淋律師
印　　刷／祥峯印刷廠
2017年9月　增訂初版
2024年9月　增訂7刷

定價 280 元　　　　ISBN 978-986-175-470-3　　　版權所有·翻印必究
◎本書如有缺頁、破損、裝訂錯誤，請寄回本公司調換　　Printed in Taiwan

The Princess
Who Believed in Fairy Tales

The Princess
Who Believed in Fairy Tales